# Une sucrée
# de belle entente!

# La collection Rose bonbon...
## des livres pleins de couleur, juste pour toi!

Accidentellement amies (L. Papademetriou)

Accidentellement célèbre (L. Papademetriou)

Accidentellement fabuleuse (L. Papademetriou)

Accidentellement trompée (L. Papademetriou)

Comment devenir une VRAIE fille
en dix jours (L. Papademetriou)

Avalanche de surprises (J.B. Mason et S. Stephens)

La vérité choque (J.B. Mason et S. Stephens)

Confusion totale (E. Willard)

Double jeu (J. B. Mason et S. Hines Stephens)

L'échange de Noëlle (L. Bergen)

La reine du mélodrame (L. Bergen)

Un secret de trop (L. Bergen)

Elle vole la vedette (M. McCoy)

La guerre des gardiennes (M. McCoy)

Sous une mauvaise étoile (M. McCoy)

Le rôle de ma vie (R. Wasserman)

Laurence à la présidence (R. Wasserman)

La nouvelle (F. Sedita)

La nouvelle en camping (F. Sedita)

Le garçon d'à côté (L. Dower)

Quelle cachottière! (R. Reisfeld et H.B. Gilmour)

Savoureux potins (E. Downing)

# Une sucrée de belle entente!

## Holly Kowitt

Texte français de Louise Binette

Catalogage avant publication de Bibliothèque
et Archives Canada

Kowitt, Holly
Une sucrée de belle entente / Holly Kowitt ;
texte français de Louise Binette.

(Rose bonbon)
Traduction de: The sweetheart deal.
Pour les 9-12 ans.

ISBN 978-1-4431-1617-6

I. Binette, Louise  II. Titre.  III. Collection:
Rose bonbon (Toronto, Ont.)

PZ23.K69Suc 2012     j813'.54     C2011-905746-8

Édition publiée par les Éditions Scholastic,
604, rue King Ouest, Toronto (Ontario)  M5V 1E1.

5 4 3 2 1     Imprimé au Canada  121     12 13 14 15 16

# À Craig

*Un merci particulier à David Manis et Ellen Miles.*

# Chapitre 1

Sophie Hardy a les mains moites.

Désespérée, elle les essuie sur sa minijupe verte en tissu écossais en espérant que personne au club de mode ne l'a vue faire. La tenue dernier cri qu'elle a choisie aujourd'hui (casquette noire de crieur de journaux, anneaux en or aux oreilles, chaussettes blanches au-dessus du genou) avait pour but d'attirer l'attention. En ce moment, pourtant, Sophie voudrait disparaître.

Elle a horreur de prononcer des discours. Se lever pour prendre la parole devant 30 filles ne l'amuse pas du tout. Parfois, en secret, elle se demande si elle a réellement sa place au sein du club. Elle a l'impression de prendre les choses plus au sérieux que les autres filles. Mais elle repousse aussitôt cette idée. Bien sûr qu'elle a sa place dans le club! Elle est l'une des membres les plus en vue!

Heureusement, personne ne prête attention à Sophie. Les filles sont trop occupées à faire étalage des bracelets à breloques et des blazers style collégienne qu'elles se sont procurés pendant le congé des Fêtes. C'est la première réunion de la nouvelle année.

— Tout le monde a passé de belles vacances?

Ashlée Caron, la présidente du club, n'attend pas de réponse. Vêtue d'une veste à fines rayures, d'un chemisier blanc et d'un pantalon coupe garçon, elle a l'air de sortir tout droit d'une pub de Ralph Lauren, et non d'une classe de l'école secondaire Deslongchamps. L'assemblée est suspendue à ses lèvres.

— Comme vous le savez toutes, je déménage à la fin de l'année scolaire, et l'une d'entre vous devra me remplacer comme présidente du club.

Ashlée repousse une longue mèche de cheveux bruns.

— Le vote ne se tiendra qu'en mars, mais aujourd'hui nous ferons connaissance avec les candidates.

La gorge de Sophie se serre.

C'est son rêve de devenir présidente du club de mode.

Maya Benitez se penche en avant, croulant sous le poids des broches, des colliers de perles et des chaînes en or.

— Personne ne pourra te remplacer, Ashlée. Tu es *une légende.*

Il y a toujours quelqu'un pour flatter l'orgueil d'Ashlée. Et ce n'est pas seulement parce qu'elle mène une vie de vedette et qu'elle vient de la Californie. C'est aussi son maintien, sa façon de rejeter ses cheveux en arrière, et ses vêtements commandés expressément à une boutique de Beverly Hills. Elle a même alimenté les rumeurs les plus farfelues : Ashlée aurait été renvoyée

2

d'un collège privé à cause d'une mauvaise farce; elle et ses amis auraient inspiré une émission de télé mettant en vedette des enfants de familles riches; un jeune chanteur de musique populaire aurait le béguin pour elle.

— On applaudit Ashlée bien fort, ajoute Maya en joignant le geste à la parole.

Julia, la meilleure amie de Sophie, lève les yeux au ciel.

— N'oublie pas que c'est la fille la plus cool de toute l'école, lui rappelle Sophie.

— Peut-être, mais tu feras une bien meilleure présidente.

Julia fixe une minuscule barrette dans ses cheveux bruns courts. Sophie adore le style éclaté de son amie, sa façon d'agencer des fringues dénichées dans une friperie avec des vêtements haute couture. Aujourd'hui, elle porte une robe bleue brodée d'allure mexicaine et des bottes à gogo blanches.

— Qui veut prononcer le premier discours de la campagne? demande Ashlée en promenant son regard autour d'elle.

Une rousse portant un bandeau à fanfreluches se lève et se dirige vers l'avant de la classe.

— Mon nom est Clémence Turmel, et je ferai campagne sur le thème de l'aromathérapie.

Sophie et Julia échangent un regard. Clémence donne l'impression d'habiter sur une autre planète.

— De nos jours, les filles sont confrontées à une question très importante.

Clémence marque une pause pour faire de l'effet.

— *Quelle est l'odeur que je laisse dans mon sillage?*

Sa voix monte.

— Miel et gardénia? Cèdre et citron vert? Feuilles d'automne?

Le regard de Clémence s'embrume.

— La mode, ce n'est pas que les vêtements. Il y a un parfum de changement dans l'air! Votez pour Clémence!

Après quelques applaudissements polis, Ashlée adresse un signe de tête à Sophie. *C'est son tour!* Celle-ci s'empare de son portfolio rose à motif cachemire et se force à aller devant la classe.

Elle respire profondément.

Lorsqu'elle se retourne pour jeter un coup d'œil à Julia, cette dernière lui décoche un sourire encourageant. Sophie repousse ses longs cheveux blond caramel derrière ses oreilles et tente de maîtriser les tremblements qui secouent sa mince silhouette. Elle pose le portfolio sur le bureau.

— Salut.

Sophie parvient à esquisser un sourire.

— Je m'appelle Sophie Hardy. Je tiens d'abord à vous dire que j'adore faire partie de ce club.

L'assistance lui sourit, et elle se rend compte à quel point ses propos sont sincères. L'organisation de la campagne de financement « Fringues pour tous », la fabrication de l'affiche pour la collecte de vêtements, son expérience comme mannequin lors du défilé de mode, tout cela a été un réel plaisir. D'autant plus que certaines parties du programme scolaire (comme l'algèbre) lui donnent du fil à retordre.

— Je veux amener ce club à un autre niveau.

Le cœur de Sophie bat à tout rompre.

— Je veux organiser des sorties à l'École des beaux-arts et au Musée de la mode, ainsi que des virées de magasinage au centre-ville. On a beaucoup à apprendre sur les tendances, les stylistes, l'histoire de la mode. Ce serait super d'assister à des ateliers de couture ou de création de mode. Et que diriez-vous d'un bal en noir et blanc?

Elle jette un regard de côté, guettant la réaction des membres. A-t-elle l'air trop enthousiaste, comme une enseignante qui présente les activités à venir? Tout le monde sourit, à l'exception d'une seule personne : Emmanuelle Gilbert. Elle contemple ses ongles et fait mine de s'ennuyer à mourir.

Sophie ignore la rebuffade et poursuit :

— J'ai toujours cru au pouvoir de la mode.

Sa voix prend de l'assurance. Après tout, déjà à l'âge de six ans, elle plongeait dans le magazine *Vogue* pour trouver des idées de tenue pour ses poupées Barbie.

— Coco Chanel a dit : « La mode relève des idées, de la façon dont nous vivons. »

Elle sent l'excitation la gagner.

— Donc, votez pour Sophie! Merci.

Elle s'efforce de retourner à sa place sans courir. L'assistance l'applaudit chaleureusement, et Julia lève les pouces en guise de félicitations. Janica Labrie se penche vers elle et lui tapote le dos. Sienna Godbout chuchote :

— C'était super.

*C'est fait! Et tout le monde a aimé!*

*Quel soulagement!*

Emmanuelle fait maintenant mine de compter les carreaux au plafond. Elle aussi présente sa candidature. Cette beauté aux cheveux blond cendré veut s'assurer que tout le monde sait qu'elle a trouvé le discours de Sophie ennuyeux.

— À ton tour, Emmanuelle, dit Ashlée.

Emmanuelle avance devant la classe sans se presser. Vêtue d'un blouson de cuir doté d'un énorme col de fourrure, le sourire aux lèvres comme si des paparazzis la suivaient, elle s'arrête pour saluer le public et envoyer des baisers. Son collant noir et ses bottes à talons hauts font paraître ses jambes extra-longues. Sophie est vaguement dégoûtée. *Elle se croit aux Golden Globes ou quoi?*

Sophie se souvient d'Emmanuelle en troisième année qui se pavanait avec ses chaussures de sport lumineuses.

— Je m'appelle Emmanuelle Gilbert, dit cette dernière en se penchant vers l'assemblée. Suis-je la seule à avoir l'impression d'être en classe quand Sophie parle du club de mode?

Emmanuelle plisse le nez.

— Éteignez les lumières, s'il vous plaît.

*Éteignez les lumières?*

Sophie met un moment à se rendre compte qu'Emmanuelle diffuse un clip sur le moniteur suspendu au plafond. À l'écran, on la voit déambuler sur une passerelle d'un pas léger au son d'une musique rap entraînante. La caméra la montre dans différentes tenues : une camisole moulante couleur or; une veste en fourrure ceinturée; une robe de soirée violette en tissu brillant.

L'assistance pousse des oh! et des ah!

*Comment a-t-elle pu tourner un clip d'allure aussi professionnelle?*

— Son père, articule Julia en silence.

*Bien sûr! Il tourne des messages publicitaires pour une agence,* se souvient Sophie. La voix hors champ d'Emmanuelle se fait entendre.

— Le bon goût : on l'a ou on ne l'a pas. Votez pour Emmanuelle.

Le dernier plan la montre la tête ornée d'un diadème, étendue dans une baignoire remplie de bulles roses d'où elle envoie un baiser.

Les applaudissements éclatent lorsque les lumières se rallument. L'air faussement timide, Emmanuelle se cache dans son col de fourrure, l'air de dire : « Qui, moi? » tandis que les filles l'acclament en tapant des pieds.

— C'est dans le sac! hurle quelqu'un parmi les sifflements et les cris admiratifs.

Sophie applaudit aussi, mais elle se sent découragée. Le clip qui inaugure la campagne d'Emmanuelle est un immense succès.

*Zut!*

Ashlée se lève.

— Vous êtes extraordinaires, les filles. L'élection n'aura lieu que dans deux mois, mais c'est bien d'avoir le temps de mieux connaître les candidates. La semaine prochaine, nous discuterons du défilé de mode d'hiver.

Elle baisse les yeux et consulte sa planchette à pince.

— Avant que vous partiez, j'aimerais que quelqu'un me rende un service.

Trente mains s'élèvent dans les airs.

— Ashlée! Ici!

— Hé!

— MOIIII!

— Je choisis...

Tout le monde attend tandis qu'Ashlée balaie la pièce des yeux.

— ... Emmanuelle et Sophie.

Les deux filles échangent un regard.

*Ensemble?*

Pendant que les autres membres du club enfilent leurs anoraks et leurs vestes rembourrées sans manches, Ashlée entraîne Sophie et Emmanuelle à l'écart. Emmanuelle semble aussi peu enthousiaste que Sophie. *Que mijote donc Ashlée?*

— Vous êtes toutes les deux très persuasives, explique Ashlée. Je veux que vous convainquiez M. Brosseau de nous laisser utiliser son local le mois prochain pour le défilé de mode. Nous aurons besoin d'un endroit pour nous changer.

*C'est tout?* Sophie tente de ne pas laisser voir sa déception, elle qui s'attendait à une tâche un peu plus prestigieuse. Une visite à son prof de maths n'a rien d'excitant, mais elle est impatiente de faire ses preuves.

— Entendu, dit Emmanuelle.

— Pas de problème, ajoute Sophie.

Les deux filles traversent le couloir, échangeant à peine quelques mots. Sophie frappe à la porte du local de M. Brosseau, incapable de voir par la petite fenêtre ce qui se passe à l'intérieur. La vitre a été tapissée d'une table des algorithmes et d'une affiche où l'on peut lire : *Quel est ton sinus?*

M. Brosseau ouvre la porte, haussant d'un air surpris ses sourcils broussailleux qui paraissent se rejoindre. C'est un homme hirsute portant une chemise en flanelle, des lunettes et une longue queue de cheval noire.

— Sophie, Emmanuelle. Je ne savais pas que vous étiez passionnées de maths.

Il ouvre grand la porte, laissant voir une classe bondée de « matheux ». Tous sans exception les regardent fixement.

— Entrez, dit-il.

# Chapitre 2

*Passionnées de maths?*

Tout à coup, Sophie comprend. C'est une réunion de « mathlètes ». Elle se rappelle les explications de M. Brosseau au début de l'année.

— C'est une compétition de mathématiques inter-écoles. À nous, les équations bicarrées! À nous, les variables! De quoi s'amuser!

L'enseignant désigne des chaises libres.

— Assoyez-vous.

— On aimerait bien, mais on ne peut pas, déclare aussitôt Emmanuelle. On est venues voir si le club de mode pourrait utiliser votre local pour...

Les mots « club de mode » provoquent quelques ricanements.

— Oh, fait M. Brosseau d'un air déçu. Dans ce cas, vous n'avez qu'à rester. La réunion est presque terminée.

Super. Maintenant, les voilà prises au piège!

Sophie et Emmanuelle se regardent, horrifiées. Rester... *pour une réunion de « mathlètes »?* Sophie observe Emmanuelle qui semble se demander si elle devrait laisser tomber. Les deux filles se renfrognent. Ni l'une ni l'autre ne veut laisser son adversaire marquer des points auprès d'Ashlée. Sophie imagine déjà Ashlée s'exclamant :

« Emmanuelle est géniale! Elle a convaincu M. Brosseau de nous prêter son local! ON L'ADORE! »

Le club éclaterait en applaudissements.

Sophie dépose son sac besace clouté sur une chaise de la dernière rangée et s'assoit. La rivalité entre Emmanuelle et elle est plus forte que son dégoût pour les « matheux ». Emmanuelle soupire et laisse tomber son sac à main en cuir verni rouge sur la chaise à côté d'elle.

Un cahier à la couverture scintillante tombe du sac, et Emmanuelle le ramasse aussitôt. Sophie reconnaît le cahier des vérités qui circule dans l'école depuis quelque temps. Les gens s'y expriment de façon anonyme et écrivent des choses trop méchantes pour être dites en personne. Emmanuelle ouvre le cahier et commence à écrire frénétiquement, affichant son désintérêt pour ce qui se déroule autour d'elle. Si elle a envie de se défouler en écrivant des commentaires malveillants, elle aura l'embarras du choix.

Sophie tourne la tête et observe la classe.

*Ouf!*

Elle aperçoit des chaussettes blanches dans des sandales, des étuis de cellulaire fixés à des ceintures et une multitude de chevelures qui n'ont jamais vu la moindre goutte de revitalisant. Le garçon à côté d'elle porte une montre-calculatrice aussi grosse qu'une pomme de terre.

— Ils sont tous bizarroïdes, chuchote Emmanuelle en faisant la grimace.

— Chuttt, souffle Sophie.

Jusqu'à maintenant, elle n'était que vaguement consciente de l'existence des « mathlètes », classant les compétitions de mathématiques parmi les activités inintéressantes offertes à l'école Deslongchamps, tout comme le club de recyclage, l'expo-sciences et l'assemblée des mordus du système métrique. Tout cela ne fait pas partie de son monde. Les réunions du club de mode, la journée pyjama et la soirée de danse de la Saint-Valentin : voilà ce que Sophie inscrit à l'encre gel violette dans son agenda.

Elle reconnaît quelques personnes. Émilie Berger, une excentrique aux cheveux hérissés qui se donne des airs d'artiste et dessine des BD sur le thème du végétalisme. Jonas Renière, un mégacerveau qui demande toujours : « Tu saisis? » Adam Dozois, dont les lunettes sont aussi épaisses que des lunettes de natation. D'autres encore qui étaient sûrement parmi les premiers en file pour voir *Le Seigneur des anneaux*.

À l'avant de la classe, un garçon vêtu d'un t-shirt smoking s'adresse aux élèves.

— On a été nuls en nombres rationnels. Mais dans les équations linéaires, on sera de vraies brutes!

— Impressionnant, chuchote Emmanuelle d'un ton moqueur.

— C'est plutôt réjouissant de les voir aussi passionnés, réplique Sophie en haussant les épaules.

À vrai dire, la scène est assez intéressante. *Nous*

*fréquentons la même école, mais nous habitons deux univers totalement différents*, se dit Sophie. Ce monde est juste là sous ses yeux, mais pour elle, il est invisible. Son monde à elle leur est-il aussi étranger?

— Vendredi, ce sera notre dîner pizza Pi, annonce une fille portant une salopette et un haut isotherme délavé.

Automatiquement, Sophie lui fait subir une métamorphose en pensée. Voyons... Une robe rose ceinturée afin de bien cintrer sa taille. Par-dessus, un trench-coat noir classique et un collant en coton de même couleur. Des bottillons à talons hauts, question de paraître plus grande. Et enfin, des pendants d'oreilles argentés et une simple coupe au carré avec une frange.

*J'ai du goût*, se dit Sophie. Inspirée, elle reporte son attention sur un garçon qui a enfilé un t-shirt de *Battlestar Galactica* par-dessus son t-shirt à manches longues. Pour lui, elle choisit un style B.C.B.G funky : chemise blanche par-dessus un t-shirt à l'effigie d'un groupe rock avec un long short de planchiste. Elle lui coupe les cheveux, refait sa raie et termine avec des chaussures de basket mode.

*Pas mal,* pense Sophie.

Elle promène son regard dans la pièce, changeant la tenue vestimentaire des élèves. C'est comme jouer avec des poupées de papier. Une mini-chasuble pour mettre en évidence une silhouette menue. Un pantalon à taille montante pour allonger des jambes courtes. Un chemisier vert tissé pour faire ressortir des yeux gris...

— C'est tout. C'est maintenant l'heure des

rafraîchissements, dit la fille à la salopette, interrompant les pensées de Sophie.

*Enfin!*

Tandis que les élèves se dispersent, Sophie et Emmanuelle se dirigent tout droit vers M. Brosseau. Il discute avec un garçon qui porte un t-shirt où l'on peut lire : J'AIME LES ANGLES… JUSQU'À UN CERTAIN DEGRÉ.

— M. Brosseau! s'écrient les filles d'un ton désespéré.

— On se reparle tout à l'heure, Roméo.

L'enseignant se tourne vers elles.

— Comment avez-vous trouvé notre réunion de « mathlètes »? Passionnant, non?

— Euh…

Emmanuelle lui adresse un sourire feint.

— Tout à fait. Nous nous demandions si le club de mode pourrait utiliser votre local pour…

— Dommage que vous ayez manqué notre pique-nique la semaine dernière, poursuit-il.

— Dommage, oui, dit Sophie. Le 25 février, nous…

— Je vais vérifier sur mon calendrier.

Il désigne la table des rafraîchissements.

— Servez-vous.

Sophie et Emmanuelle jettent un coup d'œil aux grignotines en attendant.

— Même les collations sont moches, dit Emmanuelle en prenant une croustille dans un bol en plastique.

Elle regarde passer un garçon vêtu d'un t-shirt « DEATH STAR TECH SUPPORT ».

— Bon sang! Quelle bande de ratés!

Emmanuelle commence vraiment à agacer Sophie.

Les deux filles ont une histoire compliquée. Avant, elles étaient de bonnes amies; elles potinaient et allaient au centre commercial pour avoir des échantillons de fromage gratuits. Emmanuelle était plus gentille alors, montrant même un côté plus vulnérable lorsque ses parents se disputaient. Sophie était contrariée de voir son amie se retourner si facilement contre les gens, mais elle faisait comme si de rien n'était.

Puis, au camp d'été qui a suivi leur cinquième année, Emmanuelle s'est subitement retournée contre Sophie. Dans le chalet qu'elles partageaient avec d'autres filles, tout le monde s'est soudain mis à ignorer Sophie; c'étaient les ordres d'Emmanuelle. Grande pour son âge et affligée d'une chevelure frisottée, Sophie n'était pas vraiment jolie à cette époque. Emmanuelle l'a déclarée « rejet ».

Après un été misérable, elles ont fini par se réconcilier, mais leur amitié en a souffert. Même si elles comptent maintenant parmi les élèves les plus populaires de l'école, Sophie garde ses distances vis-à-vis d'Emmanuelle. « Ton ennamie », comme l'appelle Julia. Emmanuelle est trop puissante pour qu'on ne la veuille pas comme alliée, mais trop dangereuse pour être considérée comme une vraie amie.

Au fil du temps, Sophie a acquis une silhouette plus harmonieuse, s'est défrisé les cheveux et s'est découvert une passion pour la mode. Mais le fait d'avoir déjà été exclue l'a rendue sensible à ce que peuvent éprouver ceux que l'on qualifie de marginaux.

— Ce ne sont pas des ratés, proteste Sophie en haussant le ton. Ils n'ont pas le sens de la mode, c'est tout.

— Un abruti est un abruti, déclare Emmanuelle d'une voix ferme. On ne peut rien y changer.

— Si, on peut.

Sophie sent la colère monter en elle. Voilà le genre de snobisme qui gâche tout au club de mode.

— *Tout le monde* a du potentiel, Emmanuelle, dit Sophie.

— Tu parles…

Emmanuelle fourre une autre croustille dans sa bouche.

— C'est vrai! riposte Sophie en montrant la pièce d'un geste. Prends n'importe quel garçon ici. Je pourrais en faire un véritable tombeur, et Ashlée Caron le *supplierait* de lui accorder la danse des cœurs à la soirée de la Saint-Valentin.

La danse des cœurs est un moment clé de cette soirée qui se déroule à l'école; le temps d'une chanson, ce sont les filles qui invitent les garçons à danser.

*Ça alors!* s'étonne Sophie. *C'est bien moi qui viens de dire ça?*

— *Vraiment*? demande Emmanuelle en levant un sourcil. La soirée de la Saint-Valentin aura lieu dans six semaines.

Sophie tentait d'illustrer un point, pas de faire une offre sérieuse. Est-ce seulement possible? Elle n'en est pas sûre. Si elle croit réellement en la « magie de la mode », voilà l'occasion de le prouver. Il lui faudrait travailler rapidement.

— Je pourrais y arriver, affirme Sophie en s'efforçant de montrer de l'assurance.

— N'importe qui?

Emmanuelle a les yeux brillants.

— N'IMPORTE QUI, répond Sophie en relevant le menton.

Emmanuelle lui fait signe de se retourner.

Derrière elle, Sophie aperçoit une silhouette encapuchonnée. Le garçon porte des lunettes de protection et parle fort. Ses cheveux longs sortent de sa cape en plastique violette à motif de *Wizards & Warriors*. Une ceinture de concierge, sur laquelle sont attachés cellulaire, PDA, canif et peut-être même un télécopieur sans fil, serre sa taille. Il parle en imitant la voix d'un robot, ce qui n'arrange rien.

Il semble avoir oublié plusieurs passants au moment de mettre sa ceinture, de sorte que son jean délavé qui a été ourlé, est tout plissé autour de sa taille. Il porte des chaussettes blanches et des sandales en cuir noir de style viking.

Sophie l'observe, à la fois horrifiée et fascinée. Jamais elle n'a vu quelqu'un affublé de la sorte.

— Le Bouffon vert contre Miss Hulk? lance-t-il. Tu n'y es pas DU TOUT!

Emmanuelle sourit gentiment.

— C'est *lui* que je choisis.

# Chapitre 3

Le cœur de Sophie se serre. Le tueur de dragons à la cape violette bat tous les records en matière de ridicule. Elle voulait relever un défi, pas entreprendre une mission suicide. Voilà qu'il échange une poignée de main peu banale avec un gars portant une tuque. Ils se cognent la poitrine, empilent leurs poings et lèchent leurs petits doigts avant de les enrouler.

*Euh!*

— Rendons la chose encore plus intéressante.

Emmanuelle remonte ses manches.

— Si tu réussis à métamorphoser ce *geek* pour la Saint-Valentin, je ne présenterai pas ma candidature au poste de présidente du club de mode. Si tu échoues, alors c'est *toi* qui retireras ta candidature. C'est pour te dire à quel point je suis convaincue que ce gars-là est irrécupérable.

Ce n'est pas rien.

C'est important pour Emmanuelle de devenir présidente du club de mode. Quant à Sophie, c'est son souhait le plus cher.

— Mais comment déterminera-t-on si j'ai réussi ou

pas?

Sophie se demande dans quoi elle s'est embarquée.

Emmanuelle réfléchit pendant un instant.

— Ce sera comme tu as dit : ça dépendra d'Ashlée. Si elle l'invite à danser à la Saint-Valentin, tu gagnes. Elle est constamment à la recherche d'un gars assez bien pour elle. S'il attire son attention, c'est gagné.

Sophie a une boule dans la gorge. Va-t-elle réellement le faire?

Emmanuelle soupire d'un air théâtral.

— C'est *ton* idée d'essayer de faire la rééducation d'un raté!

Ces paroles réveillent un souvenir dans l'esprit de Sophie. Au camp, cet été-là, Emmanuelle lui avait posé la même étiquette; la phrase résonne encore dans les oreilles de Sophie.

— C'est une *ratée*, avait déclaré Emmanuelle, gâchant ainsi la vie de Sophie en une fraction de seconde.

Aujourd'hui, son ton méprisant incarne ce qui ne va pas au secondaire. Le désir de prouver à Emmanuelle qu'elle a tort prend Sophie à la gorge. Elles ont eu bien des différends auparavant, mais...

Celui-ci est de nature personnelle.

— Marché conclu, lance-t-elle d'un ton féroce.

Son regard se rive sur celui d'Emmanuelle. Sophie hoche la tête pour faire plus d'effet, craignant de se tourner vers le garçon super geek qu'elle vient d'accepter de rééduquer.

M. Brosseau revient avec son calendrier.

— Ce jeudi-là? Je ne vois pas d'inconvénient à ce

que le club de mode utilise le local.

Il prend un ton sérieux.

— Mais j'espère que vous reviendrez à nos rencontres de « mathlètes ». Comme on dit : « Venez pour les fractales, mais restez pour les croustilles pita. »

— Merci, répondent Emmanuelle et Sophie en chœur.

— Maintenant, si vous voulez bien m'excuser, mesdemoiselles, ajoute l'enseignant, je dois rendre ce polyèdre...

Il s'empare d'un ballon de soccer et s'éloigne.

— Alors?

Emmanuelle se tourne vers Sophie et tapote sa montre-bracelet rose à carreaux.

— Tic-tac, tic-tac, tic-tac...

Sophie respire profondément.

Elle avance peu à peu vers le garçon à la cape, s'efforçant de prendre un air désinvolte. À contrecœur, elle touche son épaule recouverte de plastique violet. Le garçon se retourne, stupéfait.

— Euh, salut. Je... je m'appelle Sophie.

Les élèves autour d'eux observent la scène. Le gars à la tuque émet un petit ricanement.

— Salutations, dit le garçon à la cape.

— Est-ce qu'on pourrait aller discuter quelque part? demande Sophie.

— Tu piques ma curiosité, répond-il en jetant un coup d'œil à sa montre. Mais je fais la quête des nains perdus à 16 heures.

— Cool! s'exclame Sophie, même si elle n'a aucune

idée de quoi il parle. Ce ne sera pas long, promis.

Quelques « mathlètes » curieux se rassemblent autour d'eux. Le garçon à la cape s'empare d'un sac à dos aussi gros qu'un mini-réfrigérateur. Il fait face à ses amis et déclare :

— Si je ne suis pas revenu au vaisseau-mère dans cinq minutes, envoyez les secours.

* * *

Tenant son coude caché sous le plastique violet, Sophie guide le garçon jusqu'aux marches de la sortie de côté de l'école. Au moment où elle s'assoit à côté de lui, il sort une canette de boisson gazeuse à saveur de gommes à bulles.

— C'est la boisson des dieux.

Il rejette la tête en arrière pour mieux avaler une grosse gorgée.

De nouveau, Sophie respire à fond.

Le garçon tambourine sur son cahier, faisant des bruits de crépitement comme un D.J. qui égratigne un disque.

— Je suis batteur.

Ses mains bougent avec une rapidité étonnante.

— Je fais partie d'un groupe.

Sophie hoche la tête.

— Les Vecteurs, précise-t-il.

À cet instant, Sophie se rend compte qu'elle ne connaît pas son nom.

— Et toi, comment tu t'appelles?

— Nathan Soulière.

Il continue son solo. Puis il semble jouer en

alternance d'autres instruments imaginaires : la guitare et le clavier.

— Nathan, commence Sophie. Je ne suis pas vraiment une « mathlète ».

— Sans blague, dit-il calmement.

— J'aurais une proposition… un peu bizarre à te faire.

Tandis qu'il improvise une pièce, Sophie tripote son bracelet à grosses mailles. Qu'est-ce qu'elle s'apprête à faire? Offrir une métamorphose à un parfait inconnu lui paraît soudain présomptueux. Mais autant aller de l'avant, au point où elle en est.

— J'aimerais développer tes aptitudes, dit-elle d'un ton sérieux.

— Mes aptitudes pour *quoi*? demande Nathan, l'air amusé.

— Pour être un des garçons cool de l'école.

Elle regrette son ton qui rappelle les infopublicités.

— Pourquoi veux-tu faire ça? Qu'est-ce que ça t'apporterait? demande-t-il, perplexe.

— J'aime aider les gens à se trouver un style.

Sophie se penche en avant, enthousiaste.

— Je suis douée pour ça. Je crois que tout le monde a…

Elle se corrige aussitôt.

— Je crois que tu as du potentiel. On pourrait travailler ensemble pour que tu fasses sensation à la danse de la Saint-Valentin.

Mieux vaut ne rien dire en ce qui concerne Ashlée Caron.

Nathan fronce les sourcils.

— Qu'est-ce que c'est, la danse de la Saint-Valentin?

*Quoi? C'est l'événement de l'année, et il n'en a jamais entendu parler?*

C'est à la fois stupéfiant et impressionnant. À la table des élèves cool à la cafétéria, la danse de la Saint-Valentin est sur toutes les lèvres. On parle surtout de tenues vestimentaires : tulle scintillant ou satin rouge, sandales lamées ou escarpins en velours noir... Les discussions sont interminables. Emmanuelle fait un véritable secret d'État du choix de sa robe, espérant faire une entrée majestueuse.

Si l'événement le plus populaire de l'école n'apparaît pas sur l'écran radar de Nathan, c'est qu'il vit réellement sur une autre planète.

— C'est la plus importante soirée de l'année, bredouille-t-elle.

— Et pourquoi je voudrais y aller?

Sophie est sans voix. C'est pourtant l'évidence! Tout le monde va à la soirée de danse de la Saint-Valentin!

— Parce que c'est *amusant!*

Elle se souvient à quel point elle a eu du plaisir l'année dernière à recréer dans le gymnase un décor de Paris la nuit avec une énorme tour Eiffel en carton, la silhouette de la ville parsemée de lumières scintillantes et plusieurs mètres de soie bleue pour représenter la Seine.

— Une fois la soirée terminée, il y a toujours des superbes fêtes organisées par les élèves. Si tu te fais remarquer à la soirée de danse, tu deviendras populaire.

Nathan réfléchit pendant un instant. D'un air sincèrement curieux, il lui demande :

— Et pourquoi j'aurais envie d'être populaire? Qu'est-ce que j'y gagnerais?

Sophie ne sait pas quoi répondre. Normalement, ce n'est pas quelque chose qu'on a à expliquer. Tout le monde veut être populaire, non? Ça nous permet alors de fréquenter d'autres élèves qui sont, euh... populaires. Sophie se gratte la tête.

Des images reliées à ses amis cool défilent dans sa tête. William Alix et sa mégafête du printemps, la salle de jeux chez Emmanuelle, Carl Tourville jouant au soccer. L'aire de restauration au centre commercial.

— Les élèves populaires, comment dire... font la loi dans l'école.

Elle tapote la boucle sur sa minijupe.

— Ils font partie des comités, ils prennent des décisions. Qui dirigera la troupe de théâtre, qui sera le D.J. à la soirée de danse de la Saint-Valentin. Des trucs de ce genre.

Nathan n'a pas l'air convaincu.

— Tu n'as donc pas envie que les gens sachent qui tu es? lui demande Sophie.

Au même moment, la porte de l'école s'ouvre. Un garçon aux cheveux frisés portant une tenue chirurgicale et des écouteurs géants tend à Nathan une bouteille de plastique sur laquelle on peut lire : SANG FACTICE.

Nathan se lève et lui tape dans la main, puis baisse les yeux vers Sophie.

— Ceux qui ont besoin de savoir le savent déjà, dit-il.

Il a déjà traversé la moitié de la cour d'école lorsqu'elle se rend compte que leur conversation est terminée.

# Chapitre 4

Même au téléphone, Sophie perçoit l'incrédulité dans la voix de Julia.

— J'ai dû mal comprendre, dit Julia. En sortant du club de mode, vous êtes allées à une réunion de « mathlètes »?

Sophie raconte les événements des dernières heures à sa meilleure amie. Elle s'est effondrée dans son fauteuil poire dans sa chambre aux couleurs rétro : vert lime, rose vif et orange électrique. Tout en bavardant avec Julia, elle a mis la télé en sourdine et regarde une émission sur la nature. Une maman lynx transporte son bébé par la peau du cou. Sophie a toujours trouvé ces émissions extrêmement réconfortantes.

— Julia...

Sophie serre un singe en peluche contre elle.

— Nous étions bel et bien à une réunion de « mathlètes ». Je le jure sur ma pile de magazines.

— Décris un peu ce que tu as vu.

Julia et Sophie sont devenues amies au début de la sixième année, après avoir fait connaissance au club de mode. Difficile de croire qu'il s'est déjà écoulé un an et demi depuis que la fille aux bretelles et au bandeau coloré a abordé Sophie pour lui emprunter un stylo. Elles se sont vite liées d'amitié, se découvrant une passion commune pour le magasinage, les manigances, les crêpes au chocolat, les coiffures excentriques et les valentins faits à la main.

Depuis, elles échangent des confidences à propos de leurs amis, des garçons et des moments les plus absurdes qu'elles vivent avec leur groupe d'amis cool. Cependant, le tempérament d'artiste et la nature indépendante de Julia la placent plutôt en marge du groupe. Sophie, quant à elle, aime bien lui parler des différentes personnalités qu'elle côtoie; Julia a un point de vue intéressant sur les gens. Et quoi qu'il arrive au groupe, elles savent qu'elles peuvent compter l'une sur l'autre.

Sophie entend un bruit de papier froissé.

— Qu'est-ce que tu fais? demande-t-elle pour gagner du temps.

Elle redoute le moment où elle devra informer Julia du pari qu'elle a fait.

— J'essaie de fabriquer un bracelet avec des boutons, explique Julia.

Elle est toujours occupée à faire quelque chose de créatif, qu'il s'agisse d'esquisser des vêtements dans son carnet à motif léopard ou de transformer un vieux t-shirt en corsage bain-de-soleil. Elle a même personnalisé son blouson de denim avec des boutons et des galons d'or.

— Vas-y, je t'écoute, dit Julia.

À contrecœur, Sophie lui raconte tout à propos de la réunion de « mathlètes » et du marché qu'elle a conclu avec Emmanuelle. Habituellement, Sophie compte sur son amie pour l'aider à garder les pieds sur terre et à présenter une vision plus globale des choses. Sophie aime bien plonger et poser des questions plus tard, tandis que Julia est plus prudente. Mais en ce moment, Sophie n'est pas d'humeur à recevoir les bons conseils de son amie.

Naturellement, Julia est sceptique.

— Pourquoi voudrais-tu t'occuper de ce gars?

Julia le connaît, puisqu'il était dans son cours d'histoire l'année dernière.

— Ta popularité pourrait en souffrir énormément. Et tu pourrais perdre ta chance de devenir présidente!

Sophie déglutit.

— J'ai peut-être été un peu vite en affaires, reconnaît-elle. Mais Emmanuelle me tombait vraiment sur les nerfs.

Une araignée tissant sa toile apparaît maintenant sur l'écran de télévision.

— Mais pourquoi ne pas mettre mon sens de la mode au service d'une bonne cause? demande Sophie avec entêtement. J'ai toujours voulu réaliser une métamorphose.

— Oui, mais...

— Je suis douée pour ça. Et le gars a besoin d'aide.

— Aider quelqu'un est une chose, souligne Julia. Voir trop grand en est une autre.

Sophie tente d'envisager la situation du point de vue de Julia. C'est vrai qu'elle a été impulsive. Mais lorsqu'elle songe aux commentaires mesquins d'Emmanuelle, elle sent la colère monter en elle de nouveau. Sophie a l'impression d'avoir quelque chose à prouver : Il n'y a pas de ratés, seulement des personnes qui n'ont pas trouvé les vêtements qui leur conviennent.

Elle est bien placée pour le savoir. Elle est passée de fillette dégingandée à l'une des membres les plus populaires du club de mode. Ne pourrait-elle pas aider quelqu'un d'autre?

— Voilà, dit Julia. Je t'aurai officiellement avertie. Mais si tu décides d'aller de l'avant avec cette idée folle...

Julia prend une grande respiration.

— Je t'assure de mon entière collaboration. Peut-être que j'irai même de quelques suggestions de vêtements...

Sophie serre le singe contre elle avec un soupir de soulagement. Le soutien de sa meilleure amie est primordial.

— C'est vrai?

— Ça pourrait être intéressant, admet Julia. À titre d'expérience. J'ai toujours cru que le sens de la mode était inné, mais peut-être que ça s'enseigne.

— Je n'aurai peut-être pas l'occasion de le faire, de toute façon.

Sophie regarde l'araignée attraper un insecte.

— Il a refusé ma proposition.

— Tu l'as échappé belle, dit Julia. Estime-toi chanceuse.

* * *

Le lendemain à l'heure du dîner, Sophie et Julia sont assises à la table habituelle du groupe d'élèves cool :

Emmanuelle, vêtue d'un blazer de style nautique; Sienna Godbout, une délicate blonde qui a déjà organisé une collecte de chouchous; Janica Labrie, une redoutable diva qui change de tenue plusieurs fois par jour, et Carl Tourville, un grand et séduisant sportif qui a opté pour le style hip-hop. Sophie s'assoit toujours un peu plus droite lorsque Carl est aux alentours; comme bien des filles à l'école, elle a un petit faible pour lui. Aujourd'hui, tout le monde écoute Emmanuelle raconter ce qu'elle a vu à la réunion de la veille.

— Des matheux... dit Sienna en écarquillant ses yeux bleus. Comment c'était?

— Un cauchemar pour quiconque suit la mode, répond Emmanuelle avec un geste de la main. Des chaussettes noires avec un short. Des jeans délavés. Des montres-calculatrices.

— Aïe! fait Janica.

— Un vrai supplice, ajoute Emmanuelle en soupirant. On avait hâte de partir.

Sophie se sent un peu coupable. Rire de ceux qui se passionnent pour les maths la rend mal à l'aise. Devrait-elle prendre leur défense? Mieux vaut ne pas provoquer Emmanuelle... Elle décide de laisser tomber.

*Tap, tap, tap.*

Sophie sent un doigt lui tapoter l'épaule. Elle se retourne et aperçoit des lunettes de protection et un t-shirt à motifs d'astéroïdes. Nathan!

Les regards d'Emmanuelle et de Janica se croisent.

— Il faut qu'on y aille, annonce Sophie en se levant brusquement, indiquant à Julia de la suivre.

— Mais je n'ai pas terminé mon...

Julia désigne le burrito à l'aubergine dans sa main. Sophie saisit le sac de sport à sifflet et à motif manga appartenant à Julia. Puis elle rassemble son propre dîner avant de s'emparer de son sac à dos en tissu écossais.

— Qui est-ce?... commence Carl en examinant Nathan.

— À plus, tout le monde, l'interrompt Sophie.

Elle entraîne Nathan plus loin, jetant un coup d'œil derrière elle pour s'assurer que Julia la suit.

— Allons dans mon bureau, dit Nathan tandis qu'ils se frayent un chemin dans la cafétéria bondée.

Sophie regarde Julia et hausse un sourcil interrogateur.

Nathan les conduit à une table au fond de la cafétéria et indique à des garçons échangeant des cartes de magie de leur faire de la place. Ces derniers se déplacent de mauvaise grâce, dévisageant les filles. Sophie est habillée en collégienne, avec son chemisier blanc, son boléro gris, son béret et son collant noirs. Julia a opté pour un style original et éclectique, composant sa tenue de chandails superposés, d'un blazer à carreaux, d'un long collier de fausses perles et de bottes en caoutchouc; très mignon avec ses cheveux bruns courts ébouriffés. Sophie remarque qu'elles ne passent pas inaperçues.

— Nathan, voici Julia.

Sophie fait les présentations tandis qu'elles s'assoient.

— Julia, Nathan.

Celui-ci se tourne vers Sophie, ne remarquant même

pas la main tendue de Julia.

— J'ai réfléchi à ta proposition et je suis prêt à conclure un marché.

Il tripote la fermeture éclair de son sac à dos.

— Je t'ai parlé de mon groupe, les Vecteurs. Eh bien, si tu réussis à nous faire engager pour jouer à la soirée de la Saint-Valentin, j'accepte.

— C'est vrai?

Sophie se penche vers lui au-dessus de la table.

— Tu vas me laisser...

Elle allait dire « te métamorphoser », mais elle s'est reprise à temps.

— ... améliorer ton style?

— Affirmatif, répond Nathan en hochant la tête. Devenir cool (il fait un signe pour indiquer qu'il place le mot entre guillemets) pourrait m'aider à décrocher des contrats pour le groupe. Comme tu disais, l'école est dirigée par des extraterrestres...

Sophie lance un regard à Julia.

— Ce n'est pas exactement le mot que j'ai utilisé...

— ... qui ne font pas la vie facile à des gens comme nous. Donc, il faut infiltrer le système pour mieux le renverser.

Il croise les mains derrière la tête.

— Qu'est-ce que tu veux dire? demande Julia.

— Je veux bien jouer le jeu, répond Nathan avec un haussement d'épaules. Jusqu'à ce que j'atteigne mon but. Ensuite : fin de la partie.

*C'est excitant*, se dit Sophie, *mais ça donne aussi la frousse*. Il accepte d'être son cobaye! Est-ce qu'elle saura se montrer à la hauteur?

— Je vais voir ce que je peux faire. Le groupe qui jouera à la soirée de la Saint-Valentin est probablement déjà choisi, explique Sophie, le cœur battant. Mais je peux vous avoir un contrat pour un autre événement.

Elle a presque peur de regarder Julia.

— Quel genre de musique faites-vous?

— Est-ce que vous connaissez Der Dingo?

Nathan tambourine des doigts sur la table.

Sophie et Julia l'observent d'un air ébahi.

— Singe purulent? Quiche de la mort? continue Nathan.

Elles secouent la tête.

— Très bonne musique. On repousse de nombreuses limites musicales.

— O.K., Nathan, finit par dire Sophie.

Elle est heureuse d'entreprendre ce projet, et celui-ci est particulièrement audacieux.

— Je vais vous trouver un événement où jouer. Peut-être pas à la danse de la Saint-Valentin, mais je trouverai. En contrepartie, si tu veux que ton groupe soit populaire, tu dois me laisser le champ libre.

Nathan penche la tête.

— Ce qui signifie?...

— On change tout : vêtements, coiffure, vie sociale.

— Tu me fais peur.

Nathan repousse ses lunettes.

— Fais-moi confiance, insiste Sophie. Je peux t'aider.

— Alors, allons-y. *Un grand pouvoir implique de grandes responsabilités.* C'est Stan Lee qui a dit ça.

Nathan se lève et s'étire.

Encore une fois, Sophie et Julia le fixent d'un air interdit.

— C'est le créateur de Spiderman.

Il sourit et lève le menton.

— Intéressant, dit Sophie en hochant la tête en direction de Julia. On commence demain après-midi. Quel sera notre point de rendez-vous après l'école?

— Le parc, propose Nathan. La troisième table d'échecs.

Ils approuvent tous d'un signe de tête.

— D'accord, dit Sophie.

Son cœur bat fort. Elle pourra maintenant métamorphoser Nathan à son gré! Tout ce qu'elle a à faire, c'est trouver un événement où son groupe pourra jouer.

Ça ne devrait pas poser de problème.

# Chapitre 5

— Si les Vecteurs sont si bons que ça, comment se fait-il que je n'en aie jamais entendu parler? demande Heidi Waxman-Orloff, élève de 3e secondaire et présidente du conseil des élèves.

Cette fille sérieuse aux cheveux bruns ondulés et aux lunettes à monture verte est assise derrière un bureau dans le salon des élèves et fait la correction des épreuves de l'album des finissants.

Sophie s'assoit sur son bureau, irritée.

— Allez, Heidi! Connais-tu tous les groupes qui font la première partie des spectacles au Monaco?

Le Monaco est la salle de concert locale. Sophie est persuadée que les Vecteurs n'y ont jamais joué, mais ça ne peut pas nuire de mentionner Monaco et les Vecteurs dans la même phrase.

— Étaient-ils au Live Earth à Rio? demande un gars aux cheveux longs assis dans un coin.

— Euh, je n'en suis pas sûre, répond Sophie.

Au même moment, Sienna Godbout entre dans le local. Tous les regards se tournent vers la beauté blonde vêtue d'un cardigan rose et gris. Celle-ci repousse en arrière ses boucles en tire-bouchon. Jamais elle n'admettrait ne pas connaître un groupe de musique.

— Bonne nouvelle, Sienna! lance Sophie. On va peut-être mettre la main sur les Vecteurs pour la soirée de danse de la Saint-Valentin.

— Les Vecteurs, répète Sienna d'un air absent.

Sophie rejette ses cheveux en arrière.

— Tu sais, le groupe de musique.

— Oh, les Vecteurs! s'exclame Sienna, comme si elle n'avait pas bien entendu la première fois. GÉNIAL!

On peut toujours compter sur Sienna.

Heidi laisse tomber un dossier sur la table.

— On a déjà trouvé pour la soirée de la Saint-Valentin. C'est Barbotine Frappée qui jouera.

Pour tout dire, Sophie est soulagée. Même si elle n'a jamais entendu la musique des Vecteurs, elle est convaincue qu'ils ne sont pas de calibre à animer la soirée de la Saint-Valentin. En s'informant auprès de Heidi, elle a rempli son obligation et pourra maintenant leur dénicher un événement plus obscur.

— Y a-t-il d'autres événements où il nous faudra de la musique? demande Sophie.

Le gars aux cheveux longs consulte sa planchette à pince.

— Le Carnaval de la santé étudiante.

Il lui tend un papillon sur lequel on peut lire : C'EST SCIENCE-SATIONNEL!

— Super, approuve Sophie d'un hochement de tête.

Heidi soupire.

— Je ne peux pas m'occuper de ça maintenant.

Elle fourre la paperasse dans une chemise.

— Il faut que je termine la correction des épreuves de l'album des finissants et un paquet d'autres trucs.

Heidi est la personne la plus occupée de toute l'école.

— Où est leur démo?

Voilà qui est ennuyeux. Est-ce que Heidi a vraiment besoin d'entendre le groupe avant de leur confier l'animation musicale du *Carnaval de la santé*?

— Le règlement dit que je ne peux engager de groupe qui n'a pas présenté de démo, insiste Heidi.

*Les Vecteurs perdraient donc une chance de jouer à cause d'un règlement stupide?* se dit Sophie. Elle se souvient alors qu'elle a encore l'enregistrement pirate du CD d'un groupe du cégep que Julia lui a prêté. Un peu malhonnête, mais pour une courte période seulement, car elle éclaircira la situation plus tard. Qui le saura? Elle ouvre son sac à main et glisse le CD dans la mini-chaîne stéréo.

Une chanson pop qui invite à danser résonne dans la pièce. Le gars aux cheveux longs hoche la tête au rythme de la musique.

— Bon, d'accord, on les prend.

Heidi jette un coup d'œil à sa montre.

— Zut, il est 15 h 15.

Elle s'empare d'un porte-documents en cuir marqué de ses initiales.

— Règle le tout avec leur gérant. Aucune pièce d'artifice n'est permise, et ils doivent s'organiser eux-mêmes avec la sécurité.

Tandis que Heidi s'éloigne dans le couloir, Sophie fait

un salut militaire.

*Yahou!*

* * *

En quittant le local des élèves, Sophie agrippe Julia par la manche de son blouson de baseball rétro.

— Devine qui jouera au Carnaval de la santé?

— Parfait, dit Julia en riant. Est-ce que Nathan devra se déguiser en gros intestin?

— Ça n'a pas été facile de les faire engager, même pour cet événement. Heidi a demandé à entendre leur musique et tout ce que j'avais, c'était le CD du groupe du cégep que tu m'as prêté.

Sophie soupire.

— Tu te rappelles, Train Mystère? J'ai peut-être, *d'une certaine façon...* donné l'impression qu'il s'agissait du démo des Vecteurs.

— QUOI?

Julia secoue la tête, incrédule.

— C'est le Carnaval de la santé! dit Sophie en haussant le ton. On y présentera des kiosques de style « Notre amie la salive »! Qui donc remarquera la musique?

— *Tout le monde* la remarquera, quand les Vecteurs, et non Train Mystère, commenceront à jouer.

Julia l'empoigne par le bras.

— Comment fais-tu pour toujours mettre les pieds dans le plat?

Sophie sait que Julia a raison, mais elle préfère ne pas y penser. Elle s'emballe toujours instantanément et prend les moyens pour arriver à ses fins. Julia est plus terre-à-terre; elle réfléchit avant d'agir et identifie les

38

problèmes. Mais qu'est-ce que ça peut faire que Sophie ait un peu maquillé la vérité? C'est pour une bonne cause.

Julia lui adresse un regard exaspéré comme pour dire « Finiras-tu par comprendre un jour? » Mais Sophie choisit de l'ignorer.

— Tout ira bien, dit-elle en entraînant son amie dans le couloir. Allons trouver Nathan, et que la fête commence.

\* \* \*

Elles traversent la rue et se dirigent vers le parc Descôteaux, un coin de terre qui s'étend sur un pâté de maisons et où l'on trouve des terrains de baseball et de tennis ainsi qu'une aire de jeu. Même s'il y a encore de la neige ici et là, les gens sont sortis pour profiter du beau temps. De jeunes mamans poussent des bambins emmitouflés sur la glissoire, des ados jouent au Frisbee et de vieux messieurs sont assis sur des bancs.

— Où est-il?

Sophie balaie du regard la rangée de tables d'échecs en ciment, toutes occupées, étonnamment.

— Là-bas, indique Julia. Le gars habillé en chef de guerre galactique.

Aujourd'hui, Nathan est vêtu d'un blouson marron aux épaules décorées de motifs d'ailes argentées. Il est en pleines négociations avec un garçon costaud qui porte une casquette de baseball ornée d'un éclair. D'autres garçons et filles sont rassemblés autour d'eux et observent la scène.

— N'insulte pas mon intelligence, dit Nathan en

secouant la tête. Tu ne me feras pas croire que *Rat Girl n° 8* vaut plus que *La guerre des tentacules.*

À sa droite se trouve une pile de BD américaines de super-héros dans des pochettes transparentes.

Sophie perçoit une atmosphère on ne peut plus sérieuse à mesure qu'elles s'approchent de la table.

— Au contraire, *brother*, dit le gars à la casquette. Gary Mendez était l'illustrateur de celui-là.

Sophie et Julia avancent vers le groupe petit à petit. Avec son anorak argent et rose fluo, Sophie sent qu'elle attire l'attention. Les garçons les regardent de travers, comme si une puissance étrangère avait envahi leur territoire. Nathan, quant à lui, ne semble remarquer personne autour de lui, sauf son partenaire d'échanges.

— Dix dollars.

Nathan se redresse.

— À prendre ou à laisser.

Le gars à la casquette secoue la tête, l'air dégoûté.

— Rat Girl remonte dans le temps pour secourir le *Titanic*, renchérit-il. Et l'album est comme neuf.

Les deux gars qui accompagnent le type à la casquette échangent un regard tendu. L'un a une queue de cheval et porte un blouson de l'armée; l'autre ressemble à un agent des services secrets avec ses lunettes noires. Derrière Nathan se tiennent ses propres partisans : un garçon au nez volumineux qui a revêtu un parka par-dessus une tenue chirurgicale, et Jonas Renière, qui a de longs cheveux couleur paille et porte une radio sans fil près de son oreille. L'antenne lui donne l'air d'un martien.

Cependant, c'est une fille se tenant non loin du groupe qui fascine le plus Sophie. Mince, le teint olivâtre, vêtue d'un ample chandail molletonné. Sa longue queue de cheval noire est nouée avec un simple élastique, et son sac à dos est orné d'un logo de Batman. Elle repousse sans cesse des lunettes bleues trop grandes pour son petit visage. *Elle doit avoir mon âge*, se dit Sophie. *C'est l'équivalent féminin de Nathan!*

Ce dernier dirige son regard vers le ciel, comme s'il réfléchissait à une question d'importance globale. Il parle enfin :

— J'ajoute *Le massacre des Ninjas II* en prime.

Le gars à la casquette se lève.

— Marché conclu.

On entend s'élever un soupir de soulagement collectif. Nathan et le gars à la casquette se serrent la main, puis enroulent leurs petits doigts après les avoir léchés. Tout le monde se remet à bavarder et à faire circuler des BD de super-héros. Au bout de quelques minutes, Sophie et Julia se faufilent jusqu'à Nathan.

— Salut, dit Sophie d'un ton amical. Tu nous as donné rendez-vous ici.

Les conversations s'interrompent brusquement.

# Chapitre 6

Tout le monde dévisage Sophie et Julia.

Sophie sent ses joues s'enflammer, se rappelant à quel point elle s'est fait remarquer à la réunion des « mathlètes ». La prennent-ils tous pour une écervelée à cause de ses cache-oreilles roses et de ses bottes à talons hauts bordées de fourrure? Ils ne connaissent probablement aucun membre du club de mode, tout comme elle ne connaissait aucun « mathlète » jusqu'à tout récemment.

Oh Oh!

— Nous avons, euh… un truc à faire, dit Nathan en toussotant. Quelqu'un va dans le coin du centre commercial?

Quelques-uns haussent les épaules, et une armée bigarrée commence à descendre la rue : le gars en tenue chirurgicale, Jonas le martien, la fille au logo Batman, Nathan, Sophie et Julia. Ils vont faire les boutiques en groupe ou quoi? Le cœur de Sophie se serre.

Mais l'un après l'autre, les amis de Nathan prennent une autre direction.

— Je vais regarder la lutte, explique Jonas.

— Je dois me faire faire une piqûre pour mes allergies, dit quelqu'un d'autre.

La fille au teint olivâtre doit terminer son diorama sur la Rome antique. Sophie, Julia et Nathan se retrouvent seuls.

Enfin.

Nathan se tourne vers Sophie, l'air excité.

— Alors, on est engagés?

— Eh bien… non, répond Sophie en secouant la tête. Ils ont déjà trouvé quelqu'un pour la danse de la Saint-Valentin. Mais tu sais quoi? Vous allez jouer au Carnaval de la santé étudiante en avril!

Elle essaie de se montrer enthousiaste.

— Pas avant avril?

Le visage de Nathan s'assombrit.

— C'est loin d'être optimal.

Sophie regarde Julia, puis Nathan.

— Désolée. C'est le mieux que j'ai pu faire. Et pour être franche, ça n'a pas été facile de vous décrocher ce contrat.

— Mais tu avais dit…

Nathan donne un coup de pied dans un caillou par terre.

— Tu vas continuer à nous chercher du travail, n'est-ce pas?

— Absolument. Mais d'abord, il faut actualiser ton style, déclare Sophie. Si tu es sérieux à propos de ton groupe, tu dois avoir l'air cool.

Julia paraît nerveuse, comme si elle craignait de commettre un lapsus en utilisant le mot

« métamorphose ».

Nathan fait la grimace.

— L'actualiser comment?

— Avec de nouvelles lunettes, répond Julia trop rapidement.

— Qu'est-ce qu'elles ont, mes lunettes? demande Nathan en replaçant ses lunettes de protection.

Sophie hausse les épaules.

— Rien, si tu te promènes dans une zone contaminée par le plutonium.

Ils déambulent dans l'atrium des promenades Louvin, le centre commercial le plus chic de la ville. Une petite chute d'eau tombe en cascade sur une sculpture moderne d'un noir brillant. À leur entrée dans la boutique de lunettes, ils sont accueillis par un homme aux cheveux longs portant une chemise de quilles et de minuscules lunettes bleues rondes.

— Je m'appelle Stéphane, dit le vendeur en souriant. Nous avons des montures très audacieuses et attrayantes cette saison.

Nathan paraît inquiet.

— Celle-ci est jolie, continue Stéphane en prenant une monture rouge métallique, si vous recherchez un style rétro-classique.

Nathan fronce les sourcils, mais enlève ses lunettes de protection, permettant à Sophie de mieux étudier son visage. Il a les yeux bruns et un timide sourire en coin. Nathan choisit une monture métallique.

— Trop Harry Potter, fait remarquer Julia.

Stéphane remet à Nathan de grosses lunettes sport

alliant bois et métal.

— C'est un modèle signé, précise-t-il. Un très grand succès cette saison.

— Très grand, en effet, approuve Nathan en déposant la monture avec les modèles qui ne lui vont pas.

Bientôt, il y a tout un tas de montures rejetées sur le comptoir devant Nathan. Tout en jetant un coup d'œil au présentoir, Sophie essaie de penser de façon créative. Respecter le style de Nathan tout en le raffinant : intello-chic, quoi!

— Essaie celle-ci.

Sophie lui tend une monture rectangulaire originale.

— Elle dit « je suis cool, mais je sais ce qu'est un parallélogramme ».

Nathan rit et regarde Sophie comme s'il remarquait quelque chose chez elle pour la première fois. Sophie est contente, et un peu intimidée; leur petite expédition se déroule mieux qu'elle ne l'avait espéré. Julia et Stéphane s'approchent et approuvent d'un signe de tête lorsque Nathan met les jolies lunettes brunes. Sophie replace sa frange, notant qu'il faudra lui prendre un rendez-vous chez le coiffeur dès que possible.

Nathan, pour tout dire, n'est pas si mal.

— Ma mère m'a donné sa carte de crédit. Il y a déjà un moment qu'elle me harcèle pour que je m'achète de nouveaux vêtements.

Sophie sourit. Peut-être que ce sera plus facile qu'elle le croyait.

\* \* \*

45

Ils s'arrêtent ensuite à la Fabrique, un magasin qui ressemble à un entrepôt avec des poutres de métal, des murs couverts de graffitis et du rap qui joue à tue-tête. Julia et Sophie examinent les vêtements l'un après l'autre sur les présentoirs tandis que Nathan regarde évoluer un planchiste sur l'écran vidéo au-dessus d'eux. Les deux filles discutent à propos du style que Nathan devrait adopter.

— Hip-hop de la vieille école, dit Julia.

— Collégien rebelle, propose plutôt Sophie. Laisse-moi te montrer.

Quelques minutes plus tard, elle pose un tas de vêtements devant Nathan.

— Veston trop grand, dit-elle. T-shirt imprimé et chemise en oxford à rayures.

Elle lui lance un chapeau en feutre rond et ajoute un pantalon ample en coton, une écharpe deux tons et un sac messager en toile verte.

C'est amusant... un peu comme habiller une poupée.

— Je n'aime pas vraiment le... commence Nathan, mais Sophie le pousse dans une cabine d'essayage.

Lorsqu'il en ressort, la chemise rayée est boutonnée jusqu'au cou, et sa silhouette mince paraît écrasée par les épaules massives du veston. L'écharpe deux tons, qui est censée apporter une touche de fantaisie, semble sur le point de l'étrangler. Nathan a roulé le bord du pantalon trop long, et le sac messager pend à son cou comme un gilet de sauvetage. Il a l'air misérable.

— J'étouffe, dit Nathan.

— Laisse-moi arranger ça, dit Sophie qui s'empresse

de desserrer l'écharpe.

Elle montre la chemise à Julia.

— Qu'en penses-tu? Elle se fait en Galet, Cendres et Bois de grève.

— Pas mal, mais regarde ce que j'ai trouvé, dit Julia.

Elle retire de son panier d'emplettes un chandail à capuchon, un t-shirt peint au pistolet et des chaussures de sport en suède.

— Cent pour cent denim, dit-elle en terminant avec un jean déchiré.

Nathan regarde le chandail à capuchon, sur lequel sont estampés des chiffres géants.

— Ce n'est pas vraiment mon...

— Bien sûr que ça l'est, l'interrompt Julia avec un geste de la main.

— Vous trouvez ce que vous cherchez? demande un vendeur au crâne rasé surgi de nulle part.

Son t-shirt est si déchiré qu'on croirait que quelqu'un a tenté de le lui arracher et il affiche un air ennuyé.

— Faites-moi signe si je peux vous être utile, ajoute-t-il tout en regardant une vidéo de rap sur l'écran au-dessus d'eux.

Nathan hoche la tête, un peu coincé sous ses nombreuses épaisseurs de vêtements. Il s'empare d'un jean de peintre sur une table.

— Celui-là est passable, marmonne-t-il.

Sophie jette un bref coup d'œil.

— Non, pas vraiment. Essaie celui-ci.

Elle le pousse de nouveau dans la cabine d'essayage en lui fourrant un pantalon en velours côtelé dans les bras. Sophie et Julia reprennent leur discussion à propos du style de Nathan.

— Surfeur branché!

— Intello cool!

Le débat devient de plus en plus animé lorsque la voix de Nathan leur parvient de la cabine d'essayage.

— Euh, les filles? s'écrie-t-il de l'autre côté de la porte. Vous avez vu ma tarentule?

Le vendeur au crâne rasé a l'air paniqué. Sophie regarde Julia, qui laisse presque tomber le blouson d'aviateur qu'elle vient de prendre.

— Je dis toujours, poursuit Nathan d'une voix forte, qu'on ne peut pas vraiment apprécier le denim quand on porte des sous-vêtements.

Les gens commencent à regarder dans leur direction. Deux jeunes filles gloussent. Une mère avec une poussette s'immobilise. Un gars vêtu d'un maillot de soccer pousse son ami du coude.

— Sophie! crie de nouveau Nathan. Tu sais bien que je vomis quand je deviens claustrophobe!

Mais à quel jeu Nathan joue-t-il donc?

Le vendeur se dirige d'un pas décidé vers la porte de la cabine d'essayage sous le regard horrifié de Sophie et de Julia.

— Nathan! lance Sophie. Sors de là!

Ce dernier réapparaît un moment plus tard habillé de ses propres vêtements. Le vendeur soupire et s'éloigne.

— Tu es *fou* ou quoi? siffle Sophie.

Nathan empoigne un mannequin tout près. Le traînant vers le miroir à trois faces, il l'agrippe par-derrière comme s'il le prenait en otage. Dans son autre main, il serre une chaussure en toile à la façon d'une grenade.

— Reculez, prévient-il, ou le chandail à capuchon va y passer.

— Nathan.

Sophie l'emmène à l'écart, et il traîne le mannequin avec lui.

— Chuttt!

— Il nous faut des règles, déclare Nathan.

Il plante le mannequin à côté de lui.

— Pas de t-shirts avec des mots en langue étrangère. Pas de logos. Rien de pré-déchiré, de rétro-usé ou de déchiqueté classique. Je ne porterai aucun pantalon qui laisse voir mes sous-vêtements, et des chaussures de sport ne doivent... jamais... être... EN TISSU ÉCOSSAIS!

Il renverse le mannequin, ce qui a pour résultat de faire tomber un présentoir de sous-vêtements à pois.

Eh bien, qui l'aurait cru?

Nathan a des opinions et des goûts précis. *Il va falloir en tenir compte*, se dit Sophie. Toute cette histoire de métamorphose a été trop soudaine. Elle ne veut surtout pas qu'il fasse une autre scène! Quel garçon étrange.

— C'est bon, dit Sophie.

Elle aide à ramasser les sous-vêtements éparpillés et rapporte le mannequin à sa place sous la planche de surf.

Et sortir de la Fabrique est un immense soulagement.

* * *

49

Sophie et Julia se rendent au comptoir de jus et s'achètent un frappé mangue et banane pendant que Nathan s'arrête au Donjon de Roderick. Elles profitent de ces quelques minutes où elles sont seules pour parler de la crise de Nathan au magasin. Elles s'assoient à une table de l'aire de restauration.

— Ce qu'il a dit au sujet de la tarentule...

— Et de ne pas porter de sous-vêtements...

— Et de vomir quand il devient...

Sophie secoue la tête, se rappelant l'effet de surprise qu'il a créé en disant cela. Puis elle éclate de rire.

— Sophie! s'exclame Julia indignée. Il vient de nous embarrasser devant la moitié du centre commercial!

Sophie a le fou rire.

— Tu dois reconnaître que c'était... dit-elle en reprenant son souffle... plutôt amusant. Prendre un mannequin en otage...

Julia croise les bras.

— « Reculez, ou le chandail à capuchon va y passer! » continue Sophie.

Enfin, Julia esquisse un petit sourire.

— Oui, ça c'était cinglé, admet-elle.

Tout à coup, un maillot de football bleu et or bloque le champ de vision de Sophie. Des lettres moulées forment le mot CARCAJOUS. Sophie lève les yeux, stupéfaite.

— Salut, dit Carl Tourville.

Sophie se redresse. Le garçon pour qui elle a le béguin se tient devant elle et mange des frites gaufrées. En voyant les larges épaules de Carl, ses boucles blondes et son sourire nonchalant, c'est facile de comprendre pourquoi il vient en tête de liste des garçons les plus populaires auprès des filles. Le cœur de Sophie se met à battre plus fort.

Derrière lui arrivent deux autres élèves de la table cool : Sienna et Emmanuelle, un sac d'emplettes rose et noir dans une main et un cellulaire dans l'autre. Oh non! Nathan sera là d'une minute à l'autre! C'est beaucoup trop tôt pour le présenter à qui que ce soit, alors qu'elle n'a pas encore eu la chance de travailler avec lui.

— Qu'est-ce que tu as acheté? demande Emmanuelle à Sophie en apercevant son sac de la Fabrique.

— Un t-shirt, répond Sophie sans enthousiasme.

Juste à ce moment, Nathan s'approche avec son blouson futuriste et ses lunettes de protection. Il tient un sac en papier orné de caractères gothiques.

— J'ai oublié l'endroit où l'on s'était donné rendez-vous.

Nathan montre son cellulaire.

— Et je ne connais pas ton numéro.

Carl toise Nathan de la tête aux pieds, puis éclate de rire.

— Vous êtes amis? demande-t-il en regardant Nathan et Sophie tour à tour.

Hum… intéressant comme test. Si elle est réellement sérieuse dans son intention de l'aider, elle doit prendre un risque. Voilà l'occasion de raffermir sa confiance.

— Bien sûr, répond Sophie, la gorge serrée.

Nathan écarquille les yeux à ces mots.

— Désolé d'avoir pété les plombs tout à l'heure,

dit-il en s'adressant à Sophie et à Julia. Les étiquettes antivol émettent des rayons de la mort mutants.

Carl s'esclaffe encore une fois et observe Nathan.

— Où avez-vous trouvé ce gars-là? demande-t-il en s'étranglant de rire.

Il lance un gobelet en papier dans la poubelle d'un tir en crochet.

Emmanuelle jette un regard glacial sur Nathan.

— On se connaît?

— Je ne pense pas, répond Nathan, qui a commencé à jouer à un jeu sur son cellulaire.

— Je m'appelle Emmanuelle.

Nathan ne réagit pas.

— Lui, c'est Nathan, dit Sophie.

— Salutations, finit-il par dire sans lever les yeux.

— Qu'est-ce que vous faites ici? demande Sienna.

— Nathan avait besoin de vêtements, répond Julia en montrant un autre sac.

— Où avez-vous magasiné? demande Emmanuelle en fixant la rangée de stylos dans la poche de chemise de Nathan. Chez Bureau en gros?

Emmanuelle et Sienna se frappent le poing amicalement tandis que Carl hurle de rire. Nathan affiche un sourire en coin. *Il ne se rend pas compte qu'ils se moquent de lui*, constate Sophie tristement. Elle décoche à Julia un regard impuissant. Elles doivent le sortir de là.

— Viens, Nathan, dit Sophie en se levant. On s'en va.

— Pas si vite, dit Carl en faisant un signe de la main à Sophie.

Celle-ci se rassoit à contrecœur.

— Qu'est-ce que tu as acheté? demande Carl à Nathan.

D'un coup de menton, il désigne le sac du Donjon de Roderick.

— Tu aimes la S.-F? poursuit-il.

— La science-fiction, le corrige Nathan en faisant la grimace. Personne ne dit S.-F.

— Excuuuuse-moi.

Carl ricane.

— Ton blouson est sensass, vieux.

Il indique les ailes argentées sur les épaules de Nathan.

— Tu as l'air sorti tout droit du film *The Thing from Outer Space*.

En voilà assez. Sophie se lève de nouveau, tirant Nathan par la manche. Julia prend son sac à motif manga, et ils s'éloignent tous les trois. Avant qu'ils quittent l'aire de restauration, Nathan se retourne et crie à Carl :

— L'original de 56 ou la nouvelle version de 98?

Emmanuelle, Carl et Sienna se regardent, perplexes.

Sophie soupire. Sa mission de rééducation est terminée pour aujourd'hui.

# Chapitre 7

— Tu viens jouer à Dragon Spawn?

La voix derrière la porte n'est pas celle de Nathan.

— Quoi? demande Sophie.

Deux jours après leur expédition au centre commercial, Sophie et Nathan se sont donné rendez-vous chez lui. Sophie vérifie l'adresse qu'il lui a donnée : 1015, rue des Genévriers. Il s'agit d'un bungalow invitant, avec une longue clôture et un lutin en céramique sur la pelouse.

— Je suis venue voir Nathan, dit Sophie.

— Oh, fait la voix.

Quelques instants passent.

— Peux-tu aller le chercher? demande Sophie, agacée.

Ce gars ne comprend donc rien à rien!

La porte s'ouvre enfin, et une tête aux longs cheveux couleur paille apparaît dans l'embrasure. C'est Jonas Renière, qui était à la séance d'échanges de BD. Sophie se souvient de sa radio sans fil et de son antenne de martien.

Jonas examine son anorak argent et rose et fronce

les sourcils.

Nathan surgit derrière Jonas.

— Laisse-la passer, ordonne-t-il. C'est une composante amie.

Il fait entrer Sophie et désigne Jonas d'un geste.

— Il est en train de pirater l'ordinateur de l'école.

— Mais je croyais...

Sophie serre son sac contre elle.

— Ça ira, il s'est installé au sous-sol.

Nathan tapote le dos de Jonas avant qu'il disparaisse dans un escalier de bois.

— Allons dans la Batcave, dit Nathan.

Sophie le suit dans le couloir. Il pousse une porte.

— Ça alors! s'exclame Sophie en balayant la pièce du regard.

Chaque centimètre carré de mur est occupé par des figurines, dont certaines sont dans des boîtes en plastique. Il y a un ordinateur sur un bureau jonché de lunettes à rayons X en cellophane rouge et bleu. Une carte des constellations phosphorescente couvre le plafond. Une fausse hache ensanglantée est accrochée au mur.

— Arachides à la guimauve?

Il lui tend un sac de friandises.

— Non, merci.

Elle est occupée à observer le décor autour d'elle. En y regardant de plus près, Sophie aperçoit des étagères remplies de livres : *Bilbo le Hobbit. L'Île au trésor.* Une collection de BD romanesque appelée *Rose Pêche*.

— *Rose Pêche?*

Elle hausse les sourcils d'un air interrogateur.

— C'est pour les filles, reconnaît Nathan dont les oreilles rougissent, mais les illustrations sont magnifiques.

*Rafraîchissant*, pense Sophie. Pour rien au monde Carl Tourville n'achèterait un livre pareil. Elle examine un tableau d'affichage avec d'étranges cartes postales : la plus grosse balle de ficelle; le Panthéon du jeu de palets; le Musée de la soupière.

— Je collectionne des cartes postales d'endroits ennuyeux. Cet été, j'irai voir la plus grande station-service au monde.

— Pas vrai! dit Sophie.

Ce garçon est franchement bizarre.

— Vrai.

Lorsqu'elle se laisse tomber dans un fauteuil gonflable, Sophie entend un craquement sous elle. Elle plonge la main dans le fauteuil et en retire une boîte remplie de minuscules ossements.

— Attention! s'exclame Nathan d'un ton irrité. C'est un squelette d'alligator.

*Beurk!* Sophie tend la boîte à Nathan et essuie le bas de sa jupe crayon en espérant que rien n'y est resté collé.

— Où l'as-tu trouvé? demande Sophie en s'efforçant de faire comme si elle n'était pas dégoûtée.

— À la ferme des reptiles, répond Nathan en secouant la boîte.

*Bien sûr!*

— Chaque mois, quand ils nourrissent les animaux, ils lâchent 50 rats dans une pièce avec 20 serpents.

— On commence? demande Sophie, impatiente de changer de sujet.

Nathan s'assoit sur son lit, écartant une boîte de figurines.

— Vas-y.

— J'ai dressé une liste d'expressions que tu devrais essayer d'intégrer dans tes conversations.

Sophie arrache une page dans un carnet garni de fourrure rose et la lui tend.

Nathan se redresse et parcourt la liste.

— « On se fait suer à ce cours. Cette voiture est hallucinante. C'est top, cette fête. Je suis dingue de ce truc. »

Il prononce chaque phrase avec attention, comme s'il tentait de les mémoriser.

— Hum... fait Sophie en rejetant ses cheveux en arrière. Tu n'as pas besoin d'articuler autant.

Il poursuit sa lecture.

— « Cette chemise est classique. C'est l'enfer, ce devoir. Faut que j'aille au dépann'. Je capote. »

Venant de lui, les mots ne sonnent pas tout à fait comme ils le devraient.

— O.K., essayons autre chose.

Sophie reprend la liste.

— Nous allons simuler une conversation, et je vais te reprendre pour que tu aies l'air cool.

Sophie cherche des idées de sujet dans sa tête.

— Comment se débrouillent les « mathlètes » cette année?

Nathan se penche en avant, l'air enthousiaste.

— Eh bien, on n'a pas été brillants aux régionaux, ce qui est loin d'être optimal...

— Tu veux dire que vous vous êtes plantés, ce qui est vraiment nul.

— Bien reçu. On a communiqué avec de nouvelles formes de vie...

— Bavardé avec d'autres élèves? propose Sophie.

— ... qui nous ont invités à une quête fabuleuse...

— À une fête vraiment top.

Elle s'amuse presque.

— Présence de femelles : négatif, ajoute Nathan.

— Pas de filles.

Sophie hoche la tête avec compassion.

*Pas étonnant!*

— Hé, tu sais...

Sophie dévisage Nathan.

— J'aime bien comment tu t'exprimes. C'est charmant cette façon que tu as d'assembler les mots. Personne ne m'a jamais appelée « une composante amie ».

Nathan incline la tête.

— Mais?

— Mais pour l'instant, tu dois parler comme tout le monde.

Sophie s'adosse contre le fauteuil.

— Sinon, les autres te trouveront bizarre.

Voilà qu'elle complimente Nathan pour son originalité pour ensuite la lui reprocher l'instant d'après. Mais parler d'une « quête fabuleuse » à la table des élèves cool ne sera pas bien vu.

— Pas de termes techniques, déclare Sophie d'un ton ferme. Pas de mots qui se terminent par « oïde ». Pas de phrases commençant par « il me semble que ».

Nathan a l'air découragé. Sophie a un pincement au cœur, mais elle se doit d'être claire pour éviter que des élèves comme Emmanuelle n'en fassent qu'une bouchée.

— Je trouve qu'on a très bien travaillé aujourd'hui! lance Sophie en se levant.

La porte de la chambre s'ouvre brusquement, et Jonas entre en ricanant.

— On aurait pu penser que l'administration de l'école changerait son mot de passe de temps en temps.

Il s'essuie la nuque avec une serviette en papier.

— Eh bien, mission accomplie : le brocoli en fleurettes ne figure plus au menu de la cafétéria.

Nathan bondit pour échanger avec lui leur drôle de poignée de main.

— Jonas, on bavardait, Nathan et moi.

Sophie ne se gêne pas pour lui signaler son manque de politesse. Elle jette un coup d'œil à sa montre ornée d'un joli logo de singe.

— Zut, vous avez vu l'heure? Il faut que je file.

Elle se demande ce que Nathan a raconté à Jonas pour expliquer sa visite.

— Merci pour le cours de maths privé, dit-elle à Nathan, contente d'avoir trouvé ce prétexte.

— Pas de problème, répond Nathan avec aplomb. Appelle-moi si les analyses infinitésimales te causent d'autres maux de tête...

— Absolument, ajoute Sophie en lui faisant un clin d'œil.

Tandis qu'elle enfile son anorak, elle entend Jonas demander à Nathan :

— Tu lui enseignes le *calcul avancé*?

Sophie les salue d'un signe de la main.

Jonas lève les yeux, et elle voit qu'il est en train de la réévaluer. C'est amusant d'avoir un secret.

# Chapitre 8

Quelques jours plus tard, Sophie et Julia marchent dans le couloir. Julia décrit son élégante tenue qui semble inspirée des combinaisons à l'épreuve des matières dangereuses.

— Industriel chic, dit-elle.

Ses vêtements exigent souvent une explication.

— La ceinture métallique lui donne une touche étincelante, continue Julia. Tu vois...

Elle est interrompue par des éclats de voix au bout du couloir. Des « oooh » et des « donne-moi ça » s'élèvent dans la foule massée devant elles. Sophie et Julia se regardent, perplexes. Il est 15 h 15, et les cours sont terminés depuis quelques secondes à peine. Qu'est-ce qui se passe?

Tout le monde est rassemblé devant la statue de Maurice Deslongchamps, le fondateur de l'école. Normalement, M. Deslongchamps a l'air digne et sérieux, regardant en l'air et mûrissant de grandes pensées. Aujourd'hui, il est affublé d'une camisole moulante et porte un collier de perles autour du cou.

Sophie et Julia écarquillent les yeux devant la scène.

— Ça lui va bien, le style séducteur, déclare Julia.

Son accoutrement a attiré une foule. Devant la statue, Sienna et Emmanuelle distribuent des camisoles PASSION MODE et des bracelets en cuir qu'elles sortent d'une boîte en carton.

— Un bracelet? propose Emmanuelle. Une camisole?

Comme d'habitude, Sienna joue le rôle de l'amie dévouée.

— C'est Emmanuelle qui les a créés, dit-elle d'un ton admiratif.

Sophie s'empare d'une camisole et effleure les lettres roses en relief. Est-ce que tout ceci a quelque chose à voir avec la candidature d'Emmanuelle à la présidence du club de mode? L'élection aura lieu dans un mois et demi, et c'est contraire au règlement de faire campagne en dehors du club. Encore une fois, Sophie a l'impression d'être en reste.

— Tu imagines combien tout ça lui a coûté? chuchote Julia.

Sophie se tourne vers Emmanuelle.

— Jolies camisoles, lance-t-elle d'une voix forte pour couvrir le bruit. Pourquoi fais-tu ça?

Emmanuelle sourit gentiment.

— Aucune raison en particulier.

*Ouais.*

— La fête est terminée, mesdemoiselles, annonce une voix grave derrière elles.

M. Fiset, l'agent de sécurité de l'école, indique la statue du doigt.

— Enlevez-lui ce sous-vêtement. C'est un ordre.

L'homme grand et chauve paraît furieux.

— Et emmenez la boîte. Vous ne pouvez pas faire ça sur la propriété de l'école.

— Ce n'est pas un sous-vêtement, explique Sienna, c'est une *camisole*.

— Je me moque qu'elle soit sortie tout droit du tiroir de votre arrière-grand-mère, réplique M. Fiset. Je veux qu'elle DISPARAISSE.

Sur ces mots, Emmanuelle se précipite pour fermer la boîte tandis que Sienna « décamisole » Maurice. Une bretelle en dentelle reste accrochée à ses lunettes en marbre, et Sienna doit la passer par-dessus son visage sérieux.

— Dispersez-vous maintenant, dit M. Fiset comme s'il chassait des pigeons. Vous m'avez entendu?

Les filles s'exécutent et se dirigent vers la sortie principale.

Sophie et Julia suivent le groupe.

— Que complote donc Emmanuelle? demande Sophie avec méfiance. L'élection n'aura pas lieu avant plusieurs semaines.

— Elle a pris en pitié celles qui n'avaient pas d'accessoires, dit Julia d'un ton sarcastique. Elle est rusée. La campagne n'est pas officiellement lancée, mais cela lui fait de la bonne publicité. Tout le monde est au courant de ce qui se passe.

Sophie a la gorge serrée. Si Emmanuelle ne ménage aucun effort dans le but de devenir présidente du club de mode, il est temps pour Sophie de redoubler d'ardeur avec Nathan. Au fait, où est-il donc passé? Ils avaient rendez-vous après l'école.

Une silhouette apparaît au bout du couloir.

— Sophie!

Elle reconnaît la voix de Nathan et agite la main. Même de loin, elle remarque que son blouson est d'un beige peu flatteur. Une vague de désespoir l'envahit. Pourquoi ne porte-t-il aucun des vêtements à la mode qu'il vient de s'acheter?

— Vous avez rendez-vous aujourd'hui? demande Julia.

— J'avais presque oublié, dit Sophie. J'ai réservé la salle polyvalente pour m'attaquer au vocabulaire de Nathan. J'ai prétexté une « affaire importante pour le club de mode ».

— Vas-y. Moi, je vais dessiner sur mes chaussures neuves en toile.

Elle désigne ses chaussures de sport d'un blanc immaculé.

— Tu ne trouves pas qu'il manque cruellement de marqueur violet là-dessus?

Elle les salue tous les deux de la main et franchit les portes à deux battants.

Sophie s'appuie contre un casier tandis que Nathan avance sur le plancher noir et brun clair. De loin, quelque chose dans sa démarche trahit sa tendance geek. Mais de quoi s'agit-il?

— Nathan.

Sophie lève une main pour lui faire signe d'arrêter.

— Traverse le couloir encore une fois.

Nathan affiche un air agacé, mais retourne sur ses

pas. Sophie prend note de ses mouvements saccadés et de ses épaules voûtées. On ne dirait pas qu'il marche, mais plutôt qu'il est agité de tics nerveux.

— O.K.

Sophie l'observe comme une scientifique.

— Va vers la vitrine de trophées.

— Pourquoi? grogne Nathan.

Il traverse le couloir à pas lourds et bruyants, faisant exprès d'exagérer. Deux filles en survêtement passent en faisant rebondir un ballon de soccer. L'une des deux glousse en voyant Nathan et pousse son amie du coude.

— Trouvons un coin, euh... plus tranquille, dit Sophie.

Elle se dirige vers la salle polyvalente et ouvre la porte, guidant Nathan à l'intérieur. Sophie s'assoit sur une des chaises pliantes à côté d'une table en métal. La moquette chic, les lumières fluorescentes et le tableau donnent un peu de sérieux à leur « leçon ».

— Continue à marcher, mais cette fois, comme un sportif. Pense à Carl Tourville.

Le seul fait de prononcer son nom lui donne un petit frisson.

Nathan pousse un grognement. Il se redresse et fait quelques pas.

*Trop hésitant*, remarque Sophie. Carl se comporterait comme en pays conquis.

— Tu dois paraître sûr de toi. Je vais te montrer.

Sophie se lève et tente de se glisser dans la peau de Carl. Elle a beau avoir le béguin pour lui, elle doit admettre que Carl a l'air un peu trop confiant. Comment se sent-on quand on se prend pour Don Juan? Ajoutant de l'ampleur à ses mouvements, Sophie avance en se pavanant comme un sportif bien baraqué et plein d'assurance.

— Héééé, vieux, dit-elle d'une voix traînante. Je lui plais teeeellement.

Ce n'est pas si difficile que ça d'imiter Carl.

Nathan lui décoche un regard dubitatif. Il déambule à travers la pièce en balançant les épaules.

— Héééé, vieux.

Il fléchit les bras et donne un coup de pied dans la table basse.

— Ce gars-là n'est pas un peu détestable? demande-t-il.

Oui, mais terriblement attirant.

— Il est gentil, répond Sophie en se rassoyant. Redresse-toi cette fois et détends-toi.

Nathan se dirige vers la fenêtre d'un pas traînant et croise les bras.

— Donc, dit-il, tu veux que je me comporte en macho.

— Carl est un peu...

Sophie hausse les épaules.

— ... imbu de lui-même. Mais il est incroyablement populaire. Allez, refais-le, et marche d'un air important. Comme si personne d'autre que toi ne comptait.

Nathan essaie, mais sa démarche ressemble plutôt à celle d'un canard. Tout à coup, il s'arrête net.

— Es-tu en train de dire que je dois avoir l'air d'un macho pour être cool?

Cette discussion prend une tournure étrange.

— Non, je…

Sophie songe aux garçons populaires qu'elle connaît.

— Enfin, je ne sais pas. Peut-être un peu.

C'est vrai que les filles tombent souvent sous le charme de garçons effrontés, pour ensuite se plaindre qu'ils sont sans cœur. C'est plutôt contradictoire.

Peut-être que ceux qui sont indifférents sont plus difficiles à conquérir.

— Bombe le torse.

Sophie rejette les épaules en arrière.

— Montre que tu es quelqu'un.

Nathan l'imite de nouveau, mais son cou semble rentrer dans ses épaules. Il jette à Sophie un regard plein d'espoir, mais celle-ci secoue la tête.

Tenace, il recommence.

Encore.

Et encore

Et encore.

Sophie voit bien qu'il ne ménage pas les efforts. Mais sa démarche est trop déterminée, trop sérieuse. Son côté intello, encore trop présent. Si seulement elle pouvait lui faire comprendre d'avoir l'air moins empressé.

— Fais comme si tu te moquais de tout. Comme si tu te disais : qu'est-ce que ça peut bien faire que j'aie vu *La guerre des étoiles* 15 fois? Ce sont mes oignons.

Nathan va et vient dans la salle, continuant à s'exercer. Sophie se détourne et regarde par la fenêtre. Il commence à faire noir, et elle entend le gémissement du vent dehors. Quelques flocons tombent ici et là. Elle reporte son attention sur Nathan, qui arpente toujours la pièce.

Quelque chose paraît légèrement différent.

— Hé! Refais-le.

Nathan contracte les épaules, puis s'arrête. Il traverse la pièce avec une lenteur étudiée.

Peut-être. Presque.

— Relâche les bras, dit Sophie à voix basse.

Quelque chose est en train de se passer; elle ne veut pas tout gâcher. Nathan marche sur la moquette d'un pas agile qui lui donne l'air beaucoup moins geek. En fait, il a l'air détendu et cool.

— Nathan.

Sophie se lève d'un bond.

— Tu l'as!

Il fait un autre tour jusqu'au tableau blanc.

— C'est ça! s'exclame Sophie. Ne t'arrête pas!

Nathan continue de marcher, puis il pivote sur ses talons et lance une papillote de bonbon dans la corbeille à papier en métal vert.

— Il lance et compte! s'exclame Nathan sur le ton d'un commentateur sportif.

Il lève le menton et prend un air fanfaron.

— Maintenant, tu vas aider mon groupe à décrocher des contrats?

— Bien sûr, répond Sophie.

*Dès que tu seras rodé*, pense-t-elle.

— On a encore beaucoup à faire, lui rappelle-t-elle. Mais c'est un bon début.

Sophie lui demande de marcher encore un peu.

Nathan se tient plus droit, l'air déterminé. Elle ne sait pas qui l'impressionne le plus : Nathan, pour avoir réussi, ou elle-même, pour le lui avoir montré! Sophie bondit pour lui taper dans la main, mais Nathan l'arrête.

— Poignée de main secrète, dit-il en lui fermant le poing. On empile nos poings, puis on lèche notre petit doigt. Comme ça.

Il lui prend la main et lui montre comment faire.

C'est amusant que ce soit *lui*, cette fois, qui lui enseigne quelque chose.

Sophie met son poing sur celui de Nathan, puis lèche son petit doigt.

— Maintenant, retourne-toi, dit Nathan. Et touche mon doigt derrière ton dos.

Pas facile à faire vêtue d'un blazer en laine ajusté orné de faux écussons.

— OH! fait une voix de fille derrière eux. Hum... excusez-moi!

Sophie et Nathan se séparent aussitôt et aperçoivent Heidi Waxman-Orloff dans l'embrasure de la porte. Embarrassée d'avoir été surprise à faire ce cérémonial étrange avec Nathan, Sophie se sent rougir.

— Mais qu'est-ce que?...

Heidi regarde autour d'elle.

— Je croyais que le club de mode utilisait cette salle.

— Le club de mode? Euh, oui.

Sophie doit vite trouver quelque chose à dire.

— Nous, euh...

Nathan s'avance.

— Sophie et moi, on discutait...

Il fait une pause.

— ... de la possibilité d'admettre les garçons dans le club.

Sophie reste bouche bée.

— Les garçons? répète-t-elle stupidement.

Puis elle comprend que Nathan tente de la couvrir.

— Pourquoi est-ce qu'il n'y aurait que les filles qui pourraient s'amuser? poursuit-il. J'aimerais bien participer à un échange de vêt...

— À un défilé de mode, corrige Sophie.

— À un concours de chandails...

— À une collecte de manteaux, l'interrompt Sophie.

Heidi détaille la tenue de Nathan, de son chapeau *Mazes & Minotaurs* à son chandail en polyester vert à motifs criards de flocons de neige. Le tricot d'aspect caoutchouteux laisse voir une partie de son t-shirt à l'effigie de *Star Trek*. Son pantalon brun trop court, ses chaussettes blanches et ses flâneurs noirs complètent l'ensemble.

— Que voulez-vous que je vous dise? demande Nathan. La mode, c'est ma vie.

— Euh... bien, dit Heidi en toussotant. Assurez-vous seulement d'être partis à 16 h 30. Il y a des activités familiales au programme le vendredi.

Elle s'empresse de refermer la porte.

Sophie et Nathan se laissent tomber sur les chaises et éclatent de rire. Il fallait voir la tête que faisait Heidi.

— Merci d'être venu à mon secours, dit Sophie. Et parlant de vêtements...

Elle fixe le chandail de Nathan d'un air qui en dit long.

— J'en avais assez de mes vêtements neufs.

Il baisse les yeux et contemple sa tenue.

— C'est si laid que ça?

C'est effectivement si affreux que, pendant une fraction de seconde, Sophie se demande si ça ne pourrait pas passer pour cool. Certains vêtements laids sont si démodés qu'ils redeviennent à la mode. Elle se penche pour mieux examiner la manche du chandail d'apparence inflammable. Non, se dit-elle.

C'est carrément *démodé*.

— Porter un chandail à motifs de flocons de neige, c'est un crime en matière de mode, déclare Sophie.

— N'importe quoi!

Nathan paraît irrité tandis qu'il enlève son chandail. Il le fourre dans son sac à dos et semble soudain très absorbé dans la réorganisation des poches.

— Donc, demain soir… commence-t-il comme si de rien n'était en évitant son regard. Tu veux venir chez moi regarder *La révolte des astrozombies*?

Sophie le dévisage.

— Des zombies à énergie solaire renversent le gouvernement, explique-t-il en glissant la bretelle de son sac à dos sur son épaule. C'est un classique.

— Je, euh… bredouille Sophie.

Aller chez lui… regarder un film… de *zombies*? Il a perdu la tête ou quoi?

— O.K., tu l'as déjà vu, dit Nathan d'un ton impassible. On devra opter pour *Bain de sang chez les kung-fus martiens.*

— Euh...

Sophie sent son cœur qui palpite.

— Ce n'est pas comme si on était...

*Amis,* est-elle sur le point de dire. Ils ont un projet à réaliser, mais elle ne veut pas donner l'impression que...

— Ce ne sera que pour deux heures et sept minutes, ajoute-t-il. À moins que tu doives assister à une activité-bénéfice pour guérir les victimes de la mode ou autre truc du genre.

Il croise les bras et attend.

Sophie rit. *Je pourrais en profiter pour lui montrer autre chose,* se dit-elle. *Mais... un samedi soir?*

*Pas question!*

Pourtant, en dépit de la panique qui la gagne, Sophie sent que sa curiosité est piquée. Comment ce serait de passer une soirée avec Nathan?

*Hum.*

— Eh bien, euh, je ne... balbutie-t-elle. Peut-être.

Elle s'imagine annonçant à Julia ce qu'elle fera samedi soir. « Non mais ça va pas la tête? » lui dirait Julia.

Nathan patiente toujours.

— Je, mmm...

Sophie a la tête vide.

Nathan tape du pied.

— D'accord.

Malgré sa réponse hésitante, elle se demande déjà ce qu'elle va porter.

# Chapitre 9

— Tu as vu? demande Nathan en faisant mine d'y regarder à deux fois. Il est vivant!

À l'écran, le monstre de Frankenstein se déchaîne dans un cimetière. En apprenant que Sophie n'avait jamais vu de film d'horreur, Nathan a décidé de commencer par le début. Affalés sur le canapé dans le séjour chez Nathan, ils se servent tour à tour dans une boîte de bonbons haricots gourmet. La pièce est confortable, avec ses panneaux de bois, son tapis à longs poils et sa vieille malle qui fait office de table basse.

Nathan a éteint les lumières pour un effet encore plus sinistre.

Sophie s'éloigne un peu de Nathan sur le canapé. Elle ne veut pas qu'ils aient l'air d'un couple d'amoureux ou quoi que ce soit. Elle espère que le collant noir et le t-shirt ample qu'elle a agrémenté d'une ceinture étroite indiquent clairement qu'elle est venue « en amie seulement ». Nathan a mis l'une de ses nouvelles chemises rayées, après que Sophie lui ait fait enlever une chemise en polyester orange vomi.

Le monstre, quant à lui, est vêtu de haillons moisis.

— Beurk!

Sophie fait la grimace.

— Il prend des risques côté vestimentaire.

— Qu'est-ce qu'il est censé mettre? demande Nathan avec un haussement d'épaules.

Sophie plisse les yeux en regardant l'écran.

— Un foulard, répond-elle. Pour cacher les boulons dans son cou.

Son sens de la mode ne la quitte jamais.

Nathan fourre un bonbon haricot bleu dans sa bouche.

— Pamplemousse.

Pendant ce temps, le docteur fou assemble des membres afin de créer une mariée.

— Il y a tellement de trucages, c'est tordant, dit Sophie.

Elle n'arrive pas à détacher son regard de l'écran. Elle tient son poing fermé au-dessus de sa bouche et y laisse tomber des bonbons haricots gris un à un. Leur goût lui est familier, mais elle ne parvient pas à l'identifier. Kiwi? Olive?

— Je sais, approuve Nathan d'un ton joyeux. C'est ce qu'on appelle un film à petit budget.

— La vidéo sur la sécurité à l'école offre toute une performance d'acteur à côté de ça.

Sophie entre dans le jeu. Plus le film est mauvais, mieux c'est.

— Tiens, prends du maïs soufflé.

Elle laisse tomber un bonbon haricot jaune devant Nathan. Il se penche en avant et dit :

— La séquence suivante est géniale. Il va piquer une crise et faire sauter le château.

Il crache des bonbons haricots orange dans une serviette en papier.

— À la carotte, on oublie ça.

Sophie s'éloigne un peu, dégoûtée.

— La mariée me fait pitié. Tous les gars qu'elle rencontre sont des pauvres types.

Tandis qu'elle prend d'autres bonbons, ses yeux demeurent rivés à l'écran. L'histoire est étrangement captivante. Le pauvre docteur essaie sans cesse de créer le monstre parfait, mais ses expériences tournent toujours au désastre.

— Est-ce que je t'ai dit que Jonas et moi, on prépare notre propre film d'horreur?

Nathan ramasse un cahier sur le plancher.

— *La revanche du surveillant mutant.* On a même du vrai faux sang.

Il lui montre une feuille où l'on peut voir une série de scènes dessinées à la main : un billet d'absence maculé de sang, un visage, un très gros plan de ce visage, un œil, un globe oculaire.

— Voilà le scénario-maquette, explique Nathan. Il illustre toutes les scènes du film.

Sophie regarde les esquisses de Nathan. Celles-ci, soigneusement dessinées au marqueur, racontent l'histoire d'un robot errant dans les couloirs et recrutant des élèves pour une course extraterrestre. Sacré Nathan! Ce garçon a de nombreux intérêts, la plupart franchement bizarres, mais il s'y donne à fond. Il ne se contente pas

75

d'aller au cinéma; il fait des films.

*Sur des surveillants mutants…* faut-il le mentionner?

Au moment où il tourne la page, un bout de papier vert fluo tombe du cahier. Sophie le ramasse.

— Congrès d'hiver de la BD, lit-elle. Qu'est-ce que c'est?

— J'y vais chaque année.

Il met Frankenstein en sourdine.

— Le congrès se tient à l'hôtel Louvin. Ça prend des allures de cirque, mais on y trouve des trucs intéressants. L'an dernier, j'ai rencontré l'illustrateur de *Doktor BrainBend*.

Des allures de cirque? Si c'est *Nathan* qui le dit, elle a peur d'imaginer à quoi ça ressemble.

— Il y a des séances de signature d'auteurs et d'artistes, et les visiteurs portent des déguisements déments. Parfois, on ne peut même pas dire s'il s'agit d'un homme ou d'une femme. Mon truc? Je regarde la pomme d'Adam.

— Attends une minute! s'exclame Sophie en regardant à nouveau l'annonce. C'est le même jour que la danse de la Saint-Valentin.

— Fait intéressant, répond Nathan en se penchant pour lire l'information. Qui sait ce que je ferai?

Sophie se redresse.

— Tu ne peux pas rater la danse! Tu y feras tes débuts!

— Peut-être.

Nathan jongle avec la télécommande.

— Probablement.

— Sûrement! s'exclame Sophie.

Elle doit s'en assurer. Elle remarque un étui à instrument noir dans un coin.

— À qui est cette flûte?

Nathan allume la lumière.

— Ma mère joue dans un ensemble de jazz. Tu veux voir la flûte?

Il ouvre l'étui et tend la flûte à Sophie.

*Aaaah.*

Sophie caresse le métal lisse, effleurant les touches et les courbes familières de l'instrument. Impulsivement, elle en assemble les différentes parties et éprouve un sentiment de satisfaction lorsque les tubes s'emboîtent pour permettre une prise parfaite. Elle tient la flûte devant elle, appréciant son poids et la fraîcheur du métal.

— Je jouais, avant.

Sophie se souvient des heures passées dans la confortable pièce de l'école de musique, de l'odeur de bois verni et du chuintement du radiateur. C'était comme une heure passée hors du temps, loin du bruit de sa vie de tous les jours.

— J'aimais beaucoup ça. Mon professeur m'a même invitée à faire partie d'un orchestre de jeunes...

Sa voix s'estompe.

— Et?... dit Nathan.

Sophie rougit.

— J'ai refusé. C'était mal vu. Trop marginal.

Ses amis se moquaient constamment des membres de l'orchestre.

— Quoi? lâche Nathan en inclinant la tête.

— Je... Oh, laisse tomber.

Elle pose la flûte.

« Marginal » n'était peut-être pas le meilleur choix de mot, étant donné les circonstances.

— Tu as laissé tomber une activité que tu aimais parce que certains trouvaient que ce n'était pas cool? dit-il non pas sur un ton dur, mais plutôt par curiosité. Pourquoi est-ce que ce sont eux qui décident de ce qui est cool?

— Je ne sais pas, répond Sophie en faisant tourner sa bague turquoise.

Elle se souvient d'un match de football auquel elle avait assisté, où l'orchestre débraillé jouait le thème de *Rocky*. Elle avait eu du mal à s'imaginer portant l'uniforme rouge et or trop ample.

Les jeunes musiciens semblaient s'amuser, pourtant.

Avait-elle fait le mauvais choix? Les orchestres et les fanfares sont réservés aux marginaux, n'est-ce pas? Et c'est inutile de s'exercer sans arrêt si elle ne...

— C'était juste une question, dit Nathan d'une voix douce.

Ils restent silencieux tous les deux.

— Je ne suis pas la seule à me préoccuper de l'opinion des autres. Toi, tu voulais apprendre à devenir cool, tu te souviens?

Sophie est soudain contrariée. Ça l'agace d'être accusée d'avoir bêtement suivi le mouvement.

— Affirmatif.

Nathan prend la flûte.

— Mais c'est pour atteindre des objectifs précis à l'école, comme décrocher un contrat pour mon groupe. Je joue le jeu. Mais j'établis mes propres règles.

Il porte la flûte à sa bouche et joue une note aiguë qu'il tient longtemps.

Dans le monde de Sophie, ce n'est pas aussi simple.

— Tu veux jouer? demande Nathan.

Il essuie l'embouchoir avec un papier-mouchoir et lui tend la flûte.

— Je vais sortir ma batterie.

C'est comme s'il lui lançait un défi. Sophie tend la main pour toucher l'instrument de nouveau, couvrant l'embouchure et plaçant la flûte contre sa joue.

— O.K., dit-elle avec un haussement d'épaules.

Nathan se dirige vers un coin du sous-sol et enlève le drap qui recouvre une rutilante batterie bleu électrique. Sophie s'approche pour mieux l'admirer.

À l'aide d'une vieille copie des *Grands succès américains*, ils réussissent tant bien que mal à jouer quelques pièces de musique folk, d'autres des Beatles, et une extraordinairement mauvaise version de *Sound of Silence*. Sophie est contente de jouer de nouveau, même si cela la rend un peu nostalgique. Elle se lève pour s'étirer et constate que le film joue toujours.

— As-tu remarqué que je n'ai pas proposé de jouer le thème de *La guerre des étoiles*? dit Nathan en agitant une partition. Ça, c'est du progrès.

Sophie rit et augmente le volume. Elle prend une poignée de bonbons haricots rouges tachetés et leur trouve une ressemblance avec des œufs d'oiseau exotique. Pendant ce temps, à l'écran, le monstre détruit tout sur son passage sous le regard impuissant de son créateur.

# Chapitre 10

— PAS D'EXCUSES PITOYABLES S.V.P, dit Mme Fortunato, l'enseignante d'éducation physique, le lundi matin. Je me fiche de savoir si vous avez une entorse au lobe d'oreille, une tendinite au doigt à force de jouer aux jeux vidéo ou si votre uniforme est chez le nettoyeur. Aujourd'hui, nous allons faire quelque chose de différent.

Elle fait signe aux élèves de s'asseoir, et trente filles s'affalent bruyamment sur le plancher.

— Nous commençons un module de danse moderne.

Tout le monde pousse un grognement.

— Votre travail consiste à créer une danse d'interprétation en groupe, que vous présenterez vraisemblablement lors de l'assemblée générale qui aura lieu au printemps.

Sophie lance un regard à Julia. Tu parles d'une mauvaise nouvelle.

— Il me faut des idées de thèmes de danse, aboie Mme Fortunato. Levez la main!

Toutes les filles ont le regard vide.

L'enseignante toussote et appuie sa planchette à

pince sur sa hanche. C'est une rousse robuste dont le langage corporel laisse entendre qu'elle préférerait retourner dans son bureau et gonfler des ballons.

— Les changements de saison, la force de l'amour, la paix dans le monde, la quête de l'excellence, récite-t-elle d'une voix monotone. Allez, les filles, activez vos neurones.

Rebecca Fortier lève la main.

— Est-ce qu'on peut faire une danse pro-végétarienne?

Rebecca porte du vernis à ongles noir et a déjà écrit au crayon à lèvres cerise « Les carnivores sont des criminels » sur le miroir du vestiaire. Sophie et Julia échangent un regard exaspéré.

— Toutes les idées sont les bienvenues. Formez des groupes et discutez-en.

Le plancher du gymnase est bientôt parsemé de petits groupes de filles qui bavardent, se chamaillent et se font des tresses. Sophie conclut que c'est l'occasion parfaite de mettre Julia au courant des dernières nouvelles puisque son amie s'est absentée toute la fin de semaine.

— Mercredi, j'emmène Nathan chez Cheveux etc. J'ai tellement hâte de voir ce que Didier lui fera comme tête.

Julia s'appuie sur ses coudes et enlève ses chaussures de course en toile neuves, qu'elle a décorées à l'aide de marqueurs violet et rouge. Elle porte des chaussettes à frange en coton, un bandana jaune et un macaron. Il n'y en a pas deux comme Julia pour accessoiriser un uniforme d'éducation physique.

— Il pourrait couper la partie tout ébouriffée en arrière, dit Julia d'une voix pleine d'espoir.

— Oui, approuve Sophie, plus excitée qu'elle voudrait le laisser voir. Je veux qu'il les garde un peu désordonnés, mais pas trop. Il a déjà amélioré son apparence en portant les chemises qu'on lui a achetées. Sans compter les t-shirts unis et les jeans préusés. Et il ne se courbe plus quand il marche.

— HAR-DY! rugit Mme Fortunato en adressant à Sophie le regard qu'elle réserve à ceux qui lancent le bâton à la balle molle. On cherche des thèmes de danse!

— J'y travaille.

Sophie se tourne vers Julia. Elle veut lui raconter ce qui s'est passé samedi soir, mais elle ne sait pas comment aborder le sujet.

— Je... j'apprends à mieux le connaître, je suppose. Il est vraiment drôle. On a regardé le film *Frankenstein* et...

Julia écarquille les yeux.

— Vous avez regardé un film ensemble?

— C'était un film d'horreur stupide, ajoute-t-elle avec un geste de la main. Mais plus tard ce soir-là...

— Hé, attends une minute! dit Julia en se redressant brusquement. C'était *le soir*?

Sophie se doute qu'elle a gaffé, mais elle ne sait pas quoi dire. Elle tente de minimiser l'affaire.

— Ouais, samedi. Tu étais partie...

— SAMEDI soir? s'écrie Julia.

Quelques filles se tournent vers elle.

— Chuttt.

Sophie pose un doigt sur ses lèvres.

— On travaillait sur des trucs!

Mais puisque Julia est à ce point choquée qu'ils aient regardé un film ensemble, mieux vaut ne pas entrer dans les détails. Sophie sourit en songeant à leur folle séance musicale improvisée.

— Tu lui as consacré un samedi soir, dit Julia en baissant le ton. *As-tu perdu la tête?*

— Ce n'est pas la mer à boire, dit Sophie, de plus en plus nerveuse.

Elle savait que Julia allait réagir de façon excessive.

— Admettons, finit par concéder Julia.

Elles restent assises en silence, écoutant les railleries, les cris et les rires autour d'elles.

— Alors…

Julia donne une chiquenaude sur une boulette de gomme à mâcher rose.

— Comment c'était?

— Comment était *quoi?* répond Sophie, sur ses gardes.

— Le film. Nathan. La soirée.

*Pèse soigneusement tes mots*, se dit Sophie.

— Il est très intéressant.

Sophie sent sa voix devenir plus aiguë.

— Il lit des BD romanesques et fait des films d'horreur, et il collectionne des cartes postales d'endroits ennuyeux.

Hum… peut-être que ce dernier point n'aidera pas sa cause.

— Il n'est pas comme tu penses.

— Oh. O.K., dit Julia en hochant la tête.

Sophie voudrait lui dire que cette soirée a eu un drôle d'effet sur elle. Son monde lui paraissait plus satisfaisant ce soir-là à faire des choses qu'elle n'avait encore jamais essayées : regarder un film d'horreur, jouer en duo pour le plaisir. C'était agréable de parler avec un garçon qui lui posait des questions au lieu de se contenter de décrire le superbe attrapé qu'il avait effectué au quatrième quart. Elle repasse sans cesse leur conversation dans sa tête.

— Il a toutes sortes de champs d'intérêt bizarres, continue Sophie. Malgré tout il demeure…

— Un « mathlète », lâche Julia.

Sophie est déconcertée.

— Oui, mais…

— Et tu es dans le club de mode.

Est-ce une raison pour ne pas être *amis*?

— Sophie, est-ce que tu as un faible pour Nathan? demande Julia en se penchant vers elle.

— Bien sûr que non!

Sophie se redresse et secoue la tête avec vigueur. Un faible pour Nathan? Pour l'amour du ciel!

Sophie se sent prise au piège, elle qui considère Julia comme une collègue « Nathanologue » qui prend plaisir à le déchiffrer avec elle. Julia ne comprend-elle pas que son intérêt pour Nathan est presque… scientifique? C'est comme si elles étudiaient une espèce rare ensemble.

Julia s'assoit en s'appuyant sur ses coudes.

— Tant mieux. Ouf!

Elle semble soulagée.

— Je ne pensais pas vraiment que c'était le cas, mais...

Le ton de Julia s'adoucit.

— Tu es probablement la première fille qui lui prête attention. Prends garde de ne pas lui donner de faux espoirs. C'est tout ce que je dis.

Sophie soupire bruyamment.

N'est-ce pas Nathan qui lui a confié qu'il « jouait le jeu »? Ils se rendent mutuellement service. Elle doit l'avouer, Sophie a eu les mêmes craintes que Julia quand Nathan l'a invitée chez lui, et c'est pour ça qu'elle a hésité avant d'accepter. Mais tout s'est bien passé.

— Nathan sait que ce n'est qu'une relation « d'affaires », dit Sophie. Il fait ça dans le but d'aider son groupe à...

Quelqu'un passe entre elles. Le regard de Sophie remonte le long d'un collant à fleurs et d'un uniforme jusqu'au visage d'Emmanuelle. Celle-ci se laisse tomber à côté d'elles en compagnie de Janica et de Sienna. Sophie espère qu'elles ne l'ont pas entendue.

— Quoi de neuf, les amies? demande Emmanuelle. Nous, on n'est pas très inspirées.

Sienna a relevé ses boucles blondes avec une écharpe en mousseline.

— Vous avez des idées?

Elle repousse une mèche rebelle derrière son oreille.

— *Roméo et Juliette? Viva Las Vegas? We Are the World?*

— On cherche des thèmes de danse. Pas de bal des

finissants, rétorque Emmanuelle.

— La nuit des 1000 uniformes d'éducation physique? suggère Julia.

— Mesdemoiselles?

Mme Fortunato s'avance avec sa planchette à pince.

— Je suis prête à noter vos idées.

Elle se tourne vers une fille qui rit bruyamment.

— CARPENTIER, tonne-t-elle. Tais-toi!

Elle pose ensuite les yeux sur Sophie.

— Des idées, Hardy?

Pourquoi elle? Pas de veine.

— Hum, peut-être, euh... quelque chose sur...

Sophie cherche une source d'inspiration. Elle regarde les groupes de filles qui se chamaillent autour d'elle.

— Les gens, dit-elle.

Tellement, tellement nul.

— Les gens? répète Mme Fortunato d'un air furieux.

— Quoi, les gens? répond Sophie.

Elle doit inventer quelque chose, et vite. Fixant ses chaussures de sport à carreaux, elle aperçoit une ligne rouge sur le sol.

— Elles dansent toutes en ligne, dit-elle en espérant trouver une idée. L'une des filles ne suit pas. Les autres continuent à danser sans elle.

Sophie pousse Julia du coude.

— Elles dansent sans elle, répète Julia.

On ne peut pas dire qu'elle lui est d'un grand secours.

— C'est alors que la fille...

Sophie a la tête vide. *Trouve quelque chose... n'importe quoi!*

— ... crée sa propre danse. Et celle-ci devient de plus en plus endiablée.

Derrière elles, deux filles se querellent.

— Ferme-la.

— Non. TOI, ferme-la!

— ON ÉCOUTE! beugle Mme Fortunato d'une voix rauque.

Une idée germe dans la tête de Sophie.

— Le groupe revient pour lui permettre de reprendre sa place, poursuit-elle, mais elle préfère danser seule.

— Et? demande Fortunato.

— Elle refuse de revenir.

Sophie a une idée lumineuse.

— Le groupe est furieux. Puis une autre fille remarque à quel point elle semble s'amuser, et décide elle aussi de se séparer du groupe. Bientôt, tout le monde s'en va dans sa propre direction.

Sophie regarde autour d'elle. Julia, Emmanuelle et Sienna la dévisagent. Comment a-t-elle pu imaginer tout ça?

— Les gens. Le changement. C'est réglé.

Mme Fortunato écrit sur sa planchette à pince.

— Hardy, tu seras chef d'équipe.

L'enseignante la désigne du doigt et se met à courir au petit trot.

— BAISSEZ LE TON, TOUT LE MONDE!

Elle donne un coup de sifflet et se dirige vers les portes à deux battants.

— Je suis impressionnée, dit Emmanuelle.

Elle saisit Sophie par le coude tandis que les élèves

sortent peu à peu.

— Tu avais l'air de savoir de quoi tu parlais.

— Est-ce qu'on doit toutes porter le même costume? demande Sienna d'un ton inquiet. Les maillots de danse me font de grosses fesses.

Le bruit des conversations couvre la réponse de Sophie au moment où l'essaim de filles envahit le vestiaire. Quand elles se retrouvent devant leurs casiers, Julia se tourne vers Sophie.

— Danser en ligne? Se séparer du groupe? Ça alors!

— Il fallait bien que je dise quelque chose.

Sophie enlève son uniforme, encore mal à l'aise lorsqu'elle songe à la discussion qu'elles ont eue plus tôt.

— Écoute, à propos de Nathan... Je fais attention de ne pas le blesser. Qu'y a-t-il de mal à vouloir mieux le connaître? dit-elle en s'efforçant d'adopter un ton enjoué. De cette façon, je peux mieux identifier les points à améliorer.

— Il n'y a rien de mal à ça, répond Julia en enfilant un t-shirt rétro à l'effigie des Rolling Stones. Sérieusement. Pourvu que tu réfléchisses à ce que tu feras de lui quand tout sera terminé. Tu ne peux pas seulement l'utiliser pour ce projet et ensuite...

Julia enfile son pantalon.

— ... le larguer.

Sophie éprouve un bref sentiment d'irritation. Elle a des préoccupations plus urgentes, comme trouver une sortie pour mettre Nathan à l'épreuve. Elle veut tester ses aptitudes avec un nouveau groupe, de préférence d'une autre école. Ce sera un bon exercice, à l'approche de la danse de la Saint-Valentin, de le faire passer pour un garçon cool dans un autre milieu.

— Julia.

Sophie se rend compte qu'elle paraît un peu obsédée.

— Comment crois-tu que Nathan s'en tirerait à la bat-mitsva de Léa Stern?

— Voyons un peu, dit Julia lentement. Comment t'en tirerais-tu, toi, à l'expo-sciences?

Un à zéro pour Julia. Mais Sophie a déjà observé des progrès, et elle n'a pas l'intention de laisser tomber.

# Chapitre 11

— Prêt à travailler? demande Sophie en offrant à Nathan un sac de croustilles.

Ils sont perchés sur un banc au parc Descôteaux et regardent les planchistes faire des flips, des vrilles et des saltos. C'est une journée chaude pour janvier, et le parc de planche à roulettes est bondé. Sophie y a emmené Nathan pour qu'il s'habitue à des lieux de rassemblement plus cool. Mais plutôt que de regarder les planchistes, il se retourne sans cesse pour observer les joueurs d'échecs.

— Pion en b4, marmonne Nathan en secouant la tête. C'est *évident.*

Sophie soupire et sort son carnet orné de fourrure rose. Il reste trois semaines avant la Saint-Valentin, et ils ont encore beaucoup de travail à faire. Les exclamations des planchistes résonnent en bruit de fond.

— Retourne-toi, dit Sophie avant d'entreprendre une révision de la tenue vestimentaire de Nathan.

C'est elle qui, l'autre jour au centre commercial, a choisi tout ce qu'il porte aujourd'hui : son blouson vert North Face, sa chemise de travail, son t-shirt ras du cou à manches longues.

— J'adore cette tenue. Sauf ça.

Elle tend le bras pour lui enlever un chapeau avec des oreilles molletonnées, mais Nathan lui donne une tape sur la main. Sophie pousse un soupir et ouvre son carnet.

— Aujourd'hui, concentrons-nous sur l'art de la conversation. Par exemple, que dirais-tu à quelqu'un que tu croises à une bat-mitsva?

Nathan ramasse un bâton par terre.

— Voici des exemples de bons sujets : émissions de télé, films, ceux qui se sont plantés à *Star Académie*, débite Sophie. Le dernier match du Canadien, un vêtement qu'on ne peut se procurer qu'à New York, le soccer, ce que tu as acheté au centre commercial, à quel point les mini-quesadillas ont la cote comparativement aux pâtés impériaux, trop banals.

— Je ne... commence Nathan en détournant les yeux.

— Il y a certaines choses dont tu ne peux parler que pour te plaindre.

Sophie s'amuse bien.

— Les devoirs, les réunions, la Semaine de prévention du vol dans les casiers... dit-elle en lissant la fourrure rose qui orne son carnet. Les vidéos éducatives, le cours sur la santé.

— Tu veux dire que je...

— N'aie pas l'air trop brillant. Peste contre les maths même si tu sais ce qu'est un rhomboïde. Et ne montre pas trop d'enthousiasme pour quoi que ce soit.

As-tu déjà remarqué que ceux qui sont cool ont un peu l'air de s'ennuyer? Comme s'ils disaient : « Ouais, la belle affaire. »

Nathan dessine sur le sol avec son bâton tandis que Sophie s'emballe.

— Ne parle pas ni des « mathlètes », ni du club de lecture ni du laboratoire technique.

Elle fronce le nez.

— Si jamais on te demande ce que tu veux faire plus tard, réponds « milliardaire » ou « pilote de course ». Les endroits acceptables où tu peux te tenir sont ici, chez Starbucks et près de la chute d'eau du centre commercial.

Elle s'arrête pour reprendre son souffle.

— Fais-tu du sport?

Nathan réfléchit un instant et dit :

— Je suis bon au spirobole.

— Oublie ça.

— Et je suis doué pour…

Sophie l'interrompt et termine sa phrase.

— Jouer aux jeux vidéo, créer des films et faire partie d'un groupe de musique, ça va. Si quelqu'un te voit entrer dans un camp médiéval, dis que tu croyais que c'était un rallye de camions monstres.

Nathan brise le bâton en deux.

— S'il te plaît, est-ce que je pourrais placer un mot?

Sophie le considère d'un air ébahi.

— Ce sont tous des renseignements très utiles, mais…

Il enfonce le bout de sa chaussure de sport entre les lattes du banc.

— Tu ne t'entends pas. « N'aie pas l'air trop brillant. Sois plus ennuyeux. »

Il jette un coup d'œil vers la table d'échecs.

— Sans vouloir t'offenser, tu décris tes amis comme de vrais crétins, dit-il, l'œil mauvais.

Sophie est piquée au vif.

— C'est toi qui voulais leur ressembler!

— Oui, mais...

Il plisse les yeux à cause du soleil.

— Je n'avais pas réalisé que je devrais sacrifier autant de neurones.

— N'importe quoi! lance Sophie tout en se demandant s'il n'a pas raison.

Cacher son intérêt pour les maths, n'était-ce pas là se diminuer et niveler vers le bas?

À la cafétéria le midi, Sophie reste désormais silencieuse quand les autres râlent en parlant de l'ensemble de jazz, du Centre de la nature ou de la partie création du cours de français. Elle n'a jamais admis qu'elle trouvait certains sportifs à l'école plutôt ennuyeux.

Ou certains « mathlètes » plutôt intéressants.

— Milo l'Invincible!

Quelqu'un hurle derrière eux.

— Donnez-moi tous vos bijoux!

Sophie et Nathan virevoltent et aperçoivent un gars du deuxième cycle qui descend d'une trottinette. Il a les cheveux longs et porte des lunettes à montures métalliques et un t-shirt sur lequel est inscrit VARSITY PHYSICS. Il tient un sac du magasin Apple.

Le visage de Nathan s'éclaire.

— Mon maître donjon. Milo, voici Sophie.

Celui-ci s'incline légèrement devant Sophie.

— Je n'hésiterais pas à occire mille hommes pour pouvoir porter ton sac à dos, déclare-t-il sur le ton de la conversation.

Sophie roule les yeux, mais se glisse plus loin sur le banc pour lui faire de la place. Milo s'assoit et jette un regard las sur les planchistes tandis que Nathan l'observe.

— Génial, ton t-shirt, souligne Nathan.

— L'habit fait le moine, dit Milo en baissant la tête pour contempler sa tenue. Que veux-tu que je te dise?

— C'est un nouveau jouet? demande Nathan en indiquant le sac de chez Apple.

Milo l'ouvre, et Nathan regarde à l'intérieur.

— Super! s'exclame-t-il. Je meurs d'envie d'en avoir un.

— Il est pas mal, dit Milo. La capacité réelle après formatage n'est pas si impressionnante que ça.

— Oh, fait Nathan.

Milo jette un coup d'œil sur sa montre et se lève d'un bond.

— Je dois y aller. L'orthodontiste m'attend.

Il salue Sophie et serre Nathan contre lui. Il agite un doigt désapprobateur, comme un grand frère prodiguant un précieux conseil.

— N'oublie pas. Une petite amie ne peut pas remplacer les jeux vidéo.

Nathan a les joues toutes rouges.

— On n'est pas… commence-t-il en guise de protestation, mais Milo s'éloigne déjà sur sa trottinette.

Nathan et Sophie se dévisagent, puis détournent rapidement les yeux.

— Hé! crie Nathan à Milo. Tu veux voir *L'éliminatoire?*

— Pas un coup à faire à mes globes oculaires! lance Milo à son tour.

Nathan s'assoit sur le banc et suit son ami du regard jusqu'à ce qu'il ait disparu. Sophie tente toujours de digérer les mots « petite amie ». Sans s'en rendre compte, elle s'éloigne de Nathan sur le banc.

— Pas un coup à faire à mes globes oculaires, répète Nathan. Il faut que je me souvienne de celle-là.

C'est intéressant de le voir aussi… ébloui.

— T'es amoureux de lui ou quoi? demande Sophie pour le taquiner.

Nathan lui décoche un regard.

— C'est le gars le plus cool que je connais. Tout le monde est suspendu à ses lèvres. Son avis peut faire toute la différence entre la réussite ou l'échec d'une quête.

— Comme Ashlée Caron.

Sophie songe à la « reine » de l'école. Donc, Nathan aussi a un gourou.

— Si tu es suspendu à ses lèvres… souligne Sophie en souriant, est-ce que ça ne fait pas de toi un mouton comme le reste d'entre nous?

— Ouais.

Nathan sourit à son tour.

— Mais au moins, mon modèle est super intelligent.

Pfft!

— Faisons un peu la conversation pour t'exercer.

Sophie s'assoit bien droite.

— On fait la file à la cafétéria. On ne s'est jamais rencontrés.

Elle replie sous elle ses pieds chaussés de bottes de fourrure.

— Des bâtonnets de poisson? Ça fait longtemps que je n'en ai pas mangé.

— Ouais, approuve Nathan d'un hochement de tête. Ils font d'excellents projectiles lors des batailles de bouffe.

— Hum, dit Sophie. Bon. D'autres idées de sujet?

— Alors, continue Nathan en secouant légèrement ses clés. Savais-tu que les veuves noires tuent après s'être accouplées?

— Quoi?

Sophie saute sur ses pieds, échappe son carnet et s'exclame :

— Non. Non! Tu ne dois jamais parler d'insectes. *Jamais.*

— Les araignées sont des arachnides, déclare Nathan d'un ton hautain. Pas des insectes.

Il ferme les yeux comme s'il essayait de se concentrer. Au bout d'un moment, il se tourne vers Sophie.

— As-tu regardé *Les héros* hier soir?

— Bon sujet!

Sophie applaudit. Peut-être que ça marche enfin.

— N'aie pas l'air trop enthousiaste. Prends une expression un peu blasée.

Nathan semble amusé. Il s'empare d'un autre bâton et répète la phrase d'un ton monocorde, comme un robot.

— Utilise moins de mots, ajoute Sophie. Comme si tu textais quelqu'un. T'as vu *Les héros*? Quelque chose du genre.

Sophie dépose son carnet. C'est bon d'être assise là au soleil, avec Nathan, et d'entendre en bruit de fond le frottement des roues, les cris des gens et le son des corps heurtant le sol. Elle ferme les yeux et offre son visage au soleil, goûtant la chaleur sur son front.

— Essayons encore une fois.

Sophie lui lance une croustille.

— As-tu Gauthier en histoire?

— Ouais. J'en ai...

Nathan choisit ses mots avec soin.

— ... ras le bol de la Constitution.

*Bien*, pense Sophie.

— Tu vas au centre commercial après l'école?

— Peut-être, répond Nathan. Faut que je m'achète...

Sophie attend.

— ... des nouvelles chaussures de course, termine-t-il.

— Oui!

Nathan poursuit.

— Est-ce que tu...

Il se reprend.

— Tu joues de la flûte?

Font-ils encore semblant d'être des étrangers? Sophie baisse les yeux et fixe ses gants de cuir jaune. Son cœur se serre lorsqu'elle songe au plaisir qu'ils ont eu à faire de la musique ensemble. Pourquoi est-ce que ce n'est pas cool de jouer de la musique, alors que ça l'est de noter les tenues vestimentaires de tout le monde à la cafétéria?

— Non. Lis-tu des BD en ligne?

— Non, juste des BD traditionnelles. Parfois j'aime bien...

Il marque une pause.

— ... faire ça à l'ancienne.

— Tu as saisi! C'est fantastique! dit Sophie en hochant la tête d'un air satisfait.

Au même moment, un planchiste fait un plongeon et atterrit à leurs pieds. Le gars, un élève du deuxième cycle qui porte un casque blanc, se tortille, allongé sur le dos, et serre fort ses genoux. Son corps en entier est zébré de traces de terre.

— Désolé, dit-il en se relevant. Je me préparais pour une vrille, mais le bout de ma planche a traîné par terre.

Il se frotte énergiquement pour enlever la terre sur lui, ce qui ne fait que le salir davantage.

Sophie pousse Nathan du coude.

— Parle-lui.

Nathan croise les bras d'un air de défi. Puis, au bout d'une seconde, il se tourne vers le planchiste.

— Hé, vieux, lance-t-il, ça fait vraiment suer ce couvre-feu, non?

Sophie l'aurait embrassé. Mais elle se contente de lui donner le reste de ses croustilles.

99

# Chapitre 12

Sophie appuie sur la sonnette et prie.

*S'il vous plaît, faites que Nathan ait l'air charmant aujourd'hui.*

Elle est venue chercher Nathan pour l'emmener à la bat-mitsva de Léa Stern. Son père patiente dans la voiture tandis que Sophie attend sur le pas de la porte, grelottant dans le blouson en poil de chameau qu'elle a enfilé par-dessus sa robe bustier bleu métallique. Tripotant le bracelet de perles qu'elle a emprunté à sa mère, Sophie espère que Nathan a suivi ses conseils pour être à son avantage. Enfin, la porte s'ouvre.

C'est à peine si Sophie le reconnaît.

Nathan se tient devant elle vêtu d'un chic pantalon en coton couleur sable, d'une chemise bleu pâle et d'un veston en coton. Ses souliers bruns sont juste assez usés. Ses cheveux sont savamment décoiffés, et ses lunettes neuves à peine un peu de travers. Il retourne vite dans sa penderie chercher son manteau North Face neuf ainsi qu'un vieux sac messager vert foncé.

— Tu as un style d'enfer! dit Sophie, sincère.

Il paraît soulagé.

— Merci, milady.

Nathan fait une courbette agrémentée de moulinets de la main. Il laisse tomber ses clés et se penche pour les ramasser. Ses yeux s'agrandissent lorsqu'il aperçoit la magnifique robe de Sophie et son chignon banane. Elle voit bien qu'il est nerveux.

Elle aussi, d'ailleurs.

Même si elle a choisi la plupart des vêtements qu'il porte, Sophie se sent subitement troublée à la vue de Nathan. Son sourire timide est craquant. Elle enlève des poussières imaginaires sur ses épaules, qui lui paraissent plus larges sous son veston. Étaient-elles comme ça avant?

Sophie sort la carte d'invitation rose et jaune imprimée sur du papier transparent et nouée avec du raphia. Des confettis tombent de l'enveloppe. Sophie a fait la connaissance de Léa au camp d'été, et elles sont restées en contact bien qu'elles ne fréquentent pas la même école. Sophie a rencontré les amis de Léa à quelques reprises lors de fêtes données chez son amie. Ils sont super cool, la crème de Laganière, l'école secondaire d'une banlieue plus huppée. Elle les a trouvés un peu intimidants.

Sophie se souvient de certaines filles chics qui parlaient de leurs vacances à Aspen, et d'une autre qui possédait son propre cheval. Un séduisant garçon se vantait d'avoir un mur d'escalade chez lui. Il s'appelait Zakary (« avec un K », avait-il précisé d'un ton blasé). Ils sont tous au sommet de la chaîne alimentaire de leur école, comme la bande de Sophie à Deslongchamps. Elle l'avoue, les amis de Léa ne lui ont pas beaucoup plu. Et alors? Ce sera un bon test pour Nathan de les côtoyer, avant d'affronter les élèves les plus populaires de leur propre école.

Une fois à l'extérieur, Nathan indique la fourgonnette de couleur argent dans l'allée.

— C'est le vaisseau parental?

— Mon père, répond Sophie. Il ne mord pas.

Ils montent dans le véhicule, et le père de Sophie se retourne pour serrer la main de Nathan.

— Donald Hardy.

Il sourit d'un air approbateur. C'est un homme grand et fort aux cheveux gris blond courts, vêtu d'un anorak et d'une tenue de jogging.

— Comment vous êtes-vous...

— On s'est connus à l'école, papa, coupe Sophie sur un ton impatient.

— Bonsoir, dit Nathan d'une voix étranglée.

Il se penche en avant et tend la main. M. Hardy la serre énergiquement, puis monte le volume de la radio pour entendre le score du match de hockey.

Sophie se tourne vers Nathan pour discuter en tête-à-tête. Lorsqu'il allonge les jambes, son genou frôle la robe de Sophie. Ils s'éloignent en même temps et s'installent chacun à un bout de la banquette. Sophie lui parle un peu de Léa.

— J'ai fait sa connaissance au camp d'été. Es-tu déjà allé...

— Dans un camp de magie.

Nathan enlève quelque chose au plafond.

Bien entendu.

Sophie lui explique qu'elle logeait dans le même chalet que Léa, et que celle-ci n'a pas inventé la poudre à canon. Mais elle est enjouée et amusante, prête à partager ses bonbons et à jouer des tours au téléphone. Pendant tout l'été, Léa a été obsédée par les préparatifs de la fête donnée à l'occasion de sa bat-mitsva, fête qui aura lieu le lendemain de la cérémonie religieuse. Durant le bain libre et les séances de tir à l'arc, Sophie l'a vue se ronger les sangs pour trouver une idée de thème pour la soirée

— Décor tropical ou hollywoodien? Tennis, Harry Potter, années 60? répétait sans cesse Léa. Je n'arrive pas à me décider. Je pourrais distribuer des boxeurs à motifs hawaïens. Par contre, c'est l'occasion ou jamais d'avoir un comptoir de garnitures à frites.

Maintenant que Sophie est assise dans la fourgonnette avec Nathan, cette conversation lui paraît bien loin. Léa a réagi avec enthousiasme quand Sophie lui a demandé si elle pouvait emmener un ami; il manquait de garçons sur la liste d'invités.

— J'espère qu'il est terriblement séduisant, a dit Léa.

Terriblement... c'est peut-être trop demander.

Avant de passer prendre Julia, Sophie se penche pour donner à Nathan quelques conseils de dernière minute.

— Hé, murmure-t-elle. Regarde les gens dans les

103

yeux. Utilise une serviette de table. Ne parle à personne pendant plus de cinq minutes.

Elle tripote les paillettes de son sac du soir.

— Promène-toi un peu avant de te joindre à une conversation. Et quitte les lieux pendant que la fête bat encore son plein; les gens penseront que tu as des plans plus intéressants.

— Cinq minutes. O.K., dit Nathan en hochant la tête.

Sophie est sur le point d'aborder un autre point important : les mini-hotdogs. Mais Julia monte dans la fourgonnette au même instant. Depuis que Julia lui a recommandé d'être prudente avec Nathan, Sophie est un peu mal à l'aise lorsqu'ils sont tous les trois ensemble. Les pensées se bousculent dans son esprit : est-elle trop amicale avec Nathan? Lui donne-t-elle de faux espoirs? Sophie replace sa robe de façon que le satin bleu ne touche pas le pantalon de Nathan.

Comme toujours, sa meilleure amie a du style dans sa minirobe en dentelle noire et son tout petit blouson en denim. Julia adore agencer des vêtements sophistiqués avec d'autres plus décontractés. Alors qu'elle se glisse sur la banquette arrière, ses yeux se posent tour à tour sur Nathan et Sophie.

— Qui est ce beau garçon? demande-t-elle.

Nathan continue de tracer un éclair sur la vitre du véhicule, mais Sophie le voit esquisser un léger sourire.

Son père tourne dans la longue allée d'un club de loisirs.

— Appelle-moi quand vous serez prêts à rentrer.

En descendant de la fourgonnette, ils manquent

d'entrer en collision avec quelques jolis garçons qui jouent avec un mini-ballon de football. Sophie sent son cœur se serrer en voyant les sportifs, l'air confiant, entrer tranquillement dans l'édifice.

Elle prend une grande respiration.

En ouvrant la lourde porte vitrée, elle se demande quel thème Léa a choisi.

* * *

Une femme portant un énorme collier ras-de-cou en argent les conduit dans une grande salle, une planchette à pince à la main. Le nom de Léa est inscrit en lettres géantes de papier métallique rose sur un panneau au-dessus d'une estrade. La pièce est remplie de ballons et de serpentins roses et jaunes, reprenant les couleurs de l'invitation. Des sacs sont suspendus au plafond et débordent de retailles de papier aux couleurs vives. Èvelyne Dalpé, une autre fille que Sophie a connue au camp, lui fait signe de venir à sa table.

— La décoration est époustouflante, n'est-ce pas?

Èvelyne est une gentille rousse avec des taches de rousseur qui parle toujours avec trop d'enthousiasme.

— Il n'y a que Léa pour avoir l'idée d'un thème de magasinage. J'adore.

Sophie, Nathan et Julia balaient la pièce du regard.

— C'est censé ressembler à un centre commercial, explique Èvelyne.

Elle prend un mini-pâté impérial sur un plateau que lui présente un serveur muni d'un casque-micro et d'une plaque d'identité indiquant GAP. Elle s'empare d'un marque-place.

— Chaque table représente un magasin différent. N'est-ce pas génial?

Sophie et Nathan repèrent leurs marque-places et constatent qu'ils sont assis à la table Garage, tandis que Julia s'installe à la table Jacob. Èvelyne est déçue qu'ils ne soient pas assis ensemble.

— Je suis à la table Pentagone, dit-elle. Zut.

— On peut se nourrir ici? dit Nathan en regardant autour de lui avec impatience.

La salle se remplit de filles vêtues de jupes fendues, de robes style nuisette ou ornées de perles. Des garçons arrivent aussi et enlèvent rapidement leur veston pour chercher de la nourriture ou des jeux de soccer sur table.

Èvelyne montre du doigt un ensemble de kiosques où des cuisiniers retournent des crêpes, préparent des sushis et roulent des burritos.

— C'est l'aire de restauration. Fabuleux, ajoute-t-elle en levant le pouce.

Ils filent tous les quatre droit sur les kiosques, remplissant leurs assiettes de makis, de mini-crêpes, de fruits et d'autres délices. Les trois filles observent Nathan qui a rejeté la tête en arrière pour mieux engouffrer des tiges de céleri. On dirait qu'il met des morceaux de bois dans une découpeuse.

— Ralentis, chuchote Sophie.

— Mmmmfff, fait Nathan.

— Hé! s'écrie Léa qui se tient au milieu d'un petit groupe et les salue.

Sophie ne distingue que le dessus de la tête blonde et

bouclée de son amie. Léa leur fait signe de venir la rejoindre, et Sophie entraîne Nathan avec elle.

Sophie, Julia, Nathan et Èvelyne s'approchent du cercle d'amis de Léa, et ils entendent sa voix avant de l'apercevoir.

— ... ne pouvais tout simplement PAS décider, raconte Léa. J'ai donc cherché au fond de moi-même et je me suis demandé : Qu'est-ce qui m'intéresse vraiment? C'est alors que ça m'a frappée : le magasinage.

Quelques filles maigres avec des ornements brillants dans les cheveux acquiescent énergiquement.

Lorsque Léa aperçoit Sophie et Julia, elle les enveloppe dans un nuage de tulle rose et de CK One.

— Tu es...

Sophie secoue la tête. Son amie porte une robe bustier ajustée en lamé argent enveloppée de tulle rose, ainsi qu'un diadème serti de pierres du Rhin. Elle a des brillants sur les joues, et elle vacille sur ses sandales argentées à talons hauts. Sophie jette un coup d'œil à Nathan, guettant sa réaction devant Léa, mais celui-ci dévore la table des yeux.

— ... ravissante, termine Sophie.

Léa lui donne un petit coup de coude tout en considérant Nathan d'un air intrigué.

— Présente-moi, dit-elle.

Julia et Sophie échangent un regard. C'est bon signe! Pendant ce temps, Nathan appuie sur les boutons de sa montre.

— Léa, voici notre ami Nathan.

Sophie le tire doucement pour qu'il s'approche du

groupe.

— Nathan, Léa.

— Salutations, dit-il en hochant la tête.

Sophie fait la grimace; il devait s'en tenir à un « salut ». Il lève brièvement les yeux vers Léa, puis reporte son attention sur sa montre. Puis il regarde Léa de nouveau et, cette fois, il se redresse légèrement. Sophie éprouve un léger agacement.

Deux garçons s'immiscent dans leur conversation. Un séduisant sportif aux cheveux blonds épais entoure Léa de son bras d'un geste nonchalant.

— Salut, beauté.

Sophie reconnaît le gars aux cheveux bruns à côté de lui.

— Zakary, dit-il en se présentant à Sophie et Julia.

De toute évidence, il ne se rappelle pas les avoir vues chez Léa l'été dernier.

— Avec un k, ajoute Sophie.

— On se connaît? demande Zakary d'un air surpris.

— Peut-être bien, répond Sophie.

C'est amusant de flirter. Ces gars-là lui rappellent Carl Tourville et les autres séduisants sportifs de l'école.

Le garçon blond sourit.

— Je m'appelle Gaël.

Zakary fait mine de lui donner un coup de poing dans le ventre.

Sophie se retourne pour inciter Nathan à se présenter, mais il croque dans quelque chose avec bruit.

— Des radis, précise-t-il.

Le légume rond et rouge qu'il tient dans sa main a été

sculpté en forme de fleur.

— Ces radis servent de décorations, n'est-ce pas?
dit Sophie en affichant un sourire forcé.

— Je sens une baisse de potassium. Les radis
contiennent des enzymes qui aident à la digestion,
précise Nathan en haussant les épaules.

Tout le monde le dévisage. Sophie établit une
nouvelle règle : ne jamais prononcer le mot *enzyme* à une
fête. Ni *digestion*. C'est difficile d'anticiper sans cesse sa
prochaine gaffe. Nathan croque de plus belle, inconscient
des réactions qu'il suscite. Il sort un bâtonnet lumineux
de sa poche et le fait tournoyer comme un sabre laser.

— Où as-tu trouvé ça? demande Zakary.

— Là-bas, chez Banana Republic, répond Nathan.

Sophie met un moment à comprendre qu'il parle
d'une table, et non du magasin.

— J'en ai pris un de plus pour Milo.

Constatant que tous le fixent d'un air ébahi, il ajoute :

— Mon maître donjon.

Au prix de gros efforts, Sophie continue à sourire. *De
mieux en mieux,* pense-t-elle.

Gaël et Zakary se regardent avec l'air de dire : « Qui
est donc ce gars? »

Sophie a envie de l'assassiner. Nathan a-t-il oublié
*tout* ce qu'elle lui a montré?

Pendant ce temps, Léa parle toujours du choix de
son thème.

— ... des mini-ballons de basket personnalisés.

Elle incline la tête.

— Mais j'ai décidé de ne pas inclure les sports

109

extrêmes…

Toutes les conversations s'interrompent lorsque résonne un étrange signal sonore. Gaël et Zakary reculent.

*Bib-bip, bip-BIP, BIP-BIP.*

D'où vient ce bruit? Sophie regarde autour d'elle, jusqu'au moment où elle se rend compte que ça vient de… *Nathan*!

Celui-ci règle frénétiquement sa montre-calculatrice.

— Ce stupide bidule est gelé.

Les invités le fixent.

— Éteins-le, siffle Léa.

Elle tente de distraire la foule.

— Hé, tout le monde. N'oubliez pas de prendre une « carte de crédit » et assurez-vous de signer ma boîte Tiffany et…

Le bip s'arrête.

Enfin.

Léa, Sophie et Julia se tournent toutes vers Nathan.

— Qu'est-ce qui s'est passé?

Léa semble exaspérée.

— Navré, dit Nathan d'un air contrit. Sophie a dit que je ne devais pas parler avec quelqu'un pendant plus de cinq minutes, alors j'ai réglé l'alarme.

Zakary et Gaël s'esclaffent et se tapent dans la main. Sophie a la gorge nouée, et Léa paraît perplexe. Puis elle rit à son tour.

— C'est super.

Visiblement, Léa a décidé qu'il s'agissait d'une

blague.

— Et qu'est-ce qu'elle a dit d'autre?

Nathan lève les épaules.

— De ne pas parler de Miss Hulk plus que nécessaire.

Léa rit de nouveau, mais Sophie sait qu'il dit la vérité.

— Ni des cartes magiques ou des « mathlètes ».

Les choses dégénèrent rapidement.

Avant que Léa ait pu ajouter autre chose, la dame au gros collier vient la chercher.

— Désolée, tout le monde, lance Léa en leur envoyant un baiser. La danse va bientôt commencer, et je dois faire mon entrée officielle.

— Hum, Nathan? dit Sophie.

Elle le prend par le coude et le conduit d'un côté de la salle.

— Est-ce qu'on pourrait, euh… parler une minute?

Au moment où ils changent de direction, le son des trompettes les fait s'arrêter net. Sur la scène décorée de papier métallique rose apparaît une jolie jeune femme vêtue d'un blouson de cuir et munie d'un casque-micro.

— S'il vous plaît, veuillez accueillir chaleureusement l'extraordinaire LÉA STERN!

Des applaudissements et des acclamations retentissent dans la salle. Deux hommes dans la vingtaine, vêtus de t-shirts noirs sur lesquels on peut lire : LÉA, REINE DU MAGASINAGE, surgissent de derrière le rideau, portant un brancard sur lequel Léa est joliment installée, appuyée sur un oreiller en satin rose. Des gens lancent des confettis. Une boule disco diffuse des lumières colorées partout au plafond. La jeune femme au casque-micro lève une main pour faire cesser les applaudissements.

— O.K., Léa, dit l'annonceuse en se tournant vers elle. Tous meurent d'impatience de voir qui tu choisiras pour la première danse. Sans plus attendre, donne-moi le nom de l'heureux élu.

Léa lisse sa robe et scrute la foule en plissant les yeux.

— Est-ce que Cristobal Perreault est ici? demande Léa en serrant le micro très fort.

Les invités hurlent, mais personne ne s'avance.

— Je crois qu'il est au simulateur de course! crie quelqu'un.

— Derek Frappier?

Léa a l'air embarrassée; pendant ce temps, l'annonceuse fait taire les spectateurs. Aucune réponse. De chaque côté de la scène, les gars en t-shirts noirs enchaînent des mouvements chorégraphiés : ondulations des bras avec les mains entrelacées, claquements sonores et pouce en l'air comme s'ils faisaient du stop. La tension monte de nouveau.

— Bon, dans ce cas... je choisis...

Léa promène son regard sur la foule tout en se protégeant les yeux des lumières éblouissantes au plafond.

— ... TOI.

C'est Nathan qu'elle montre du doigt.

# Chapitre 13

Tous les regards sont braqués sur Nathan.

Sophie n'en croit pas ses yeux. Parmi tous les garçons qui se trouvent dans la salle, il a fallu que Léa choisisse Nathan pour la première danse. *Nathan!*

— Vas-y, souffle-t-elle, mais Nathan reste figé sur place.

Sophie et Julia lui donnent une poussée, et il avance en trébuchant sur la piste de danse. Léa l'attend à l'avant de la scène tandis que les invités forment un cercle autour d'eux. Nathan a l'air pâle alors qu'il se dirige vers Léa d'un pas traînant, passant devant des filles chics en robes flottantes. Qu'est-il arrivé à la démarche confiante de sportif qu'elle lui a montrée?

*Il pourrait bien s'agir de sa toute première danse,* se dit Sophie.

De toute évidence, ce n'est pas le cas pour Léa. Elle passe ses bras autour du cou de Nathan comme si de rien n'était et lui adresse un sourire charmeur. Sophie s'approche tandis que Nathan essuie ses mains sur son pantalon d'un geste nerveux. Il s'apprête à enlacer Léa, mais semble avoir du mal à trouver sa taille parmi les couches de tulle rose. Il repousse ses lunettes et fait une nouvelle tentative.

Une douce ballade joue, et Léa se rapproche de Nathan. Mais Sophie constate que les bras du garçon demeurent rigides, forçant Léa à garder ses distances. Les lumières baissent et les sacs scintillent au-dessus de la foule. Alors que Nathan la dirige comme s'il était au volant d'un kart, Léa se penche en avant pour tenter de se rapprocher encore une fois. Nathan ne bronche pas.

*Relâche les bras,* supplie Sophie en silence.

Elle n'a pas abordé la question de la danse avec Nathan, se disant qu'ils danseraient ensemble et qu'elle pourrait lui montrer. Qui aurait pu deviner qu'il serait choisi pour la première danse? À côté d'elle, des filles en robe de style nuisette gloussent.

Combien de temps va donc durer cette fichue chanson?

À cet instant, Léa fait preuve d'audace en essayant de poser sa tête blonde bouclée sur l'épaule de Nathan. Ce dernier paraît surpris. À cause de la distance qui les sépare, Léa doit se pencher vers lui, ce qui donne l'impression que sa tête soutient la poitrine de Nathan. Dans le dos de Léa, les mains du garçon tripotent maladroitement les boutons de sa montre-calculatrice. Sophie se retient pour ne pas ronger ses ongles peints en « Moka divin ».

La scène fait peine à voir.

Tandis que la danse se poursuit, Sophie sent sa bouche devenir sèche. Si seulement elle pouvait le tirer de là! Mais elle doit se tenir à l'écart et se contenter d'observer Nathan et Léa qui dansent en trébuchant sur une chanson à l'eau de rose racontant une histoire d'amour avec un photographe.

Elle doit faire quelque chose.

Dans un élan d'inspiration, Sophie agrippe Julia par la manche de son blouson en jean et l'entraîne sur la piste de danse presque déserte.

— Qu'est-ce qui te prend? chuchote Julia. Ils n'ont pas fini leur...

Sophie fait tournoyer son amie comme si elles dansaient un tango à *Dancing with the Stars*.

— Tu n'as qu'à me suivre, marmonne-t-elle. J'essaie de distraire la foule!

Du coin de l'œil, elle voit l'une des filles en robe nuisette la montrer du doigt. Ça marche!

Malheureusement, Sophie ne connaît que quelques pas de tango. Leur danse devient vite répétitive, et les invités reportent leur attention sur Nathan et Léa.

Ce n'était pas l'idée du siècle.

La jeune femme au casque-micro vient à sa rescousse.

— Le moment est venu de mettre un peu d'ambiance, commence-t-elle, et de FAIRE LA FÊTE!

Un rythme hip-hop retentit dans la salle, et des filles vêtues de robes moulantes prennent d'assaut la piste de danse, entraînant les garçons avec elle. Sophie est heureuse de céder sa place, et les deux amies se laissent tomber sur des chaises pliantes.

La piste de danse étant maintenant envahie par les danseurs, Sophie perd Nathan de vue. Elle se lève pour partir à sa recherche, se frayant un passage parmi les robes vaporeuses. Elle parvient jusqu'à un petit groupe de gens qui regardent quelque chose. Sophie allonge le cou pour jeter un coup d'œil.

Elle a le souffle coupé.

C'est Nathan.

Son corps est secoué d'avant en arrière, ses pouces pointant vers l'extérieur et ses pieds s'agitant dans tous les sens. Sa tête semble pivoter sur un axe distinct. Sophie met un moment à comprendre qu'il danse. Il suit si peu la musique qu'on se demande ce qu'il fait. Léa s'éloigne de lui, agrippant son diadème comme si elle avait mal à la tête.

— Il danse ou il vomit? demande un garçon à l'air sportif, tout déconcerté.

— Vas-y, mon gars! crie un autre affublé d'une casquette de baseball sur laquelle est inscrit : LÉA, REINE DU MAGASINAGE.

Une fille portant un châle argenté rigole en secouant la tête. Les filles aux robes nuisettes se poussent du coude. Èvelyne Dalpé a l'air perplexe.

— C'est comme une crise cardiaque mise en musique, fait remarquer quelqu'un.

Elle et Nathan sont cuits.

Léa s'esquive en compagnie d'une copine. Va-t-elle alerter la sécurité et faire arrêter Nathan pour pas de danse non admissibles?

Sophie finit par croiser le regard de Nathan et lui fait les gros yeux. Nathan regarde autour de lui, surpris de constater que les gens l'observent. Il ralentit et se contente de se balancer doucement. Sophie fronce les sourcils, et cette fois il se limite à un hochement de tête occasionnel.

Les invités continuent à le fixer.

— Eh bien! s'exclame une fille vêtue d'une robe jaune dos nu en se retournant, c'était très divertissant!

Une escouade de gars en t-shirts noirs envahit la piste de danse et se déploie en éventail, détournant du même coup l'attention portée à Nathan.

Stimulés par les encouragements des gars en noir, les invités se remettent à danser. Toutefois, les acrobaties de Nathan semblent avoir changé la dynamique. Un garçon vêtu d'une chemise jaune rayée reprend le mouvement de rotation de Nathan, les pouces en dehors. Aussitôt, l'idée se répand dans la foule comme un virus; les mouvements saccadés et les bras qui battent l'air se comptent bientôt par dizaines. Il est évident que les danseurs se moquent de Nathan, et pourtant... L'imitation n'est-elle pas la plus haute forme de flatterie?

Peut-être pas.

Sophie saisit Nathan par le bras et l'entraîne hors de la piste.

— Qu'est-ce que tu?...

Elle ne sait pas quoi dire.

— Qu'as-tu?...

Mais Nathan a l'air tellement piteux qu'elle s'arrête là. Ses cheveux se dressent bizarrement sur sa tête, et les pans de sa chemise sont sortis de son pantalon.

— Je suis désolée, finit-elle par dire.

Ils se dirigent d'un côté de la salle.

— Sophie, c'est…

Nathan détourne le regard.

— C'est *moi* qui suis désolé.

Il donne un coup de pied dans les confettis roses sur le plancher.

— Je sais que j'ai tout gâché. De façon *exponentielle*.

— Pas de termes mathématiques.

Elle ne peut s'empêcher de le reprendre.

— Allons prendre un peu l'air, dit-elle en le guidant vers le hall.

Le jet d'eau d'une fontaine carrelée entourée de pots de fleurs jaillit doucement. Sophie et Nathan se glissent sur un banc.

Nathan se penche en avant, les mains sur les genoux.

Les idées se bousculent dans la tête de Sophie alors qu'elle passe sa main sur les carreaux frais qui entourent la fontaine. Comment dit-on à quelqu'un qu'on ne devrait *jamais au grand jamais* voir de pouces tournés vers l'extérieur sur une piste de danse? Que de bouger son corps au rythme de la musique devrait être interdit, par une loi fédérale si nécessaire?

Elle décide de souligner d'abord les aspects positifs.

— Léa t'a choisi pour la première danse. Tu marques beaucoup de points grâce à ça.

— O.K., dit-il d'un ton hésitant. Mais… je t'ai laissé tomber.

Il a l'air malheureux.

— Je suis navré. Dis-moi ce que je dois faire.

— Eh bien, pour commencer…

Le cœur de Sophie bat plus vite à mesure qu'elle se rappelle toutes les gaffes de Nathan.

— Tu ne devrais vraiment pas...

Mais elle est incapable de poursuivre.

Son regard est si sincère, et Nathan paraît si désireux de ne pas la contrarier, qu'elle ne va pas plus loin. C'est étrange de voir qu'il regrette de l'avoir déçue, elle, mais pas de s'être ridiculisé devant une salle remplie d'invités.

— Tu ne devrais vraiment pas t'en faire, continue Sophie, elle-même surprise de s'entendre parler ainsi. Mais oublie un peu le truc de l'autostoppeur. Danser, c'est plutôt comme...

Elle cherche le bon mot.

— ... se balancer. Tu commençais à saisir vers la fin.

Nathan tend le bras et trempe la main dans la fontaine.

— C'est tout?

Il passe une main sur son front comme s'il venait de se sauver d'une retenue.

Ils restent assis là en silence pendant un moment, à écouter le bruit de l'eau tombant dans la fontaine.

— Tu vas y arriver, dit Sophie.

Comme si cela allait être facile de donner des leçons de danse à Nathan!

Tout à coup, Léa et sa petite troupe de filles passent devant eux d'un air digne. Léa rougit en apercevant Nathan.

— Oh, salut, dit-elle. Merci pour la, euh... danse.

Ses amies se poussent du coude et ricanent.

— Ne partez pas sans vos sacs-cadeaux. Il y a ma

photo dans les portefeuilles.

Léa salue Sophie de la main avant de se diriger vers les toilettes.

Nathan se tourne de nouveau vers elle.

— Tu disais?

Sophie lui prend la main et l'emmène vers la piste de danse. Elle s'attendait à la trouver moite, mais elle est étonnamment fraîche.

— Viens danser.

# Chapitre 14

Deux jours plus tard, il y a un message dans la boîte vocale de Sophie. Elle l'écoute tout en rangeant des livres dans son casier. « Super soirée, hein? » Elle reconnaît la voix d'Èvelyne. « Léa a eu une idée *sensationnelle*. Le gâteau en forme de caisse enregistreuse était *génial*. »

Sophie roule les yeux tandis qu'Èvelyne continue. « Ton ami Nathan a l'air gentil. Penses-tu qu'il voudrait venir à ma fête d'anniversaire dans quelques semaines? Il me faudrait quelques garçons de plus… »

Eh bien, dis donc!

Sophie dépose ses livres et réécoute le message. Nathan a réussi le test. Èvelyne, une fille cool d'une autre école, l'invite à une fête. Peut-être que sa performance sur la piste de danse n'a pas été si désastreuse, après tout. C'est une bonne nouvelle, mais sans trop savoir pourquoi, Sophie éprouve un petit pincement au cœur. Peu importe, Julia sera contente de voir que la soirée a été un succès. Alors qu'elle se dirige vers le casier de Julia, Sophie sent une main sur son épaule.

Elle pivote sur ses talons et aperçoit Heidi Waxman-Orloff.

121

— Je viens d'assister à une réunion d'urgence.

Heidi est à bout de souffle. Son chemisier en oxford à rayures multicolores dépasse, et le chandail noué autour de son cou est sur le point de tomber. Elle conduit Sophie jusqu'à la fontaine à boire.

— Le groupe qui devait jouer à la danse de la Saint-Valentin s'est décommandé.

Sophie hoche la tête, se demandant pourquoi Heidi lui dit ça.

— Le chanteur du groupe a une épreuve de français du Ministère le lendemain.

Heidi paraît dégoûtée.

— Il avait complètement oublié! Comment peut-on « oublier » un examen comme celui-là? J'ai déjà commencé à mémoriser des mots de vocabulaire : Turgide. Excoriation. Bilieux. Tu crois que c'est une partie de plaisir?

— Eh bien, je…

— La danse aura lieu dans deux semaines et on est mal pris, dit Heidi en soupirant. Si on demandait aux Vecteurs?

La gorge de Sophie se serre. Elle en avale presque sa gomme à mâcher. Heidi veut engager le groupe de Nathan!

— Les Vecteurs? répète Sophie, abasourdie. T-t-tu veux leur donner le contrat?

— Il nous faut absolument quelqu'un.

Heidi joint les mains, l'air implorant.

— J'en suis même rendue au point de vouloir engager le trio folk de mon père.

Elle change son porte-documents de main.

— Je blague! Crois-tu que les Vecteurs seraient intéressés? Leur démo était plutôt bon.

Oh non. Oh *non*.

Sophie est prise de nausées en se rappelant qu'elle a remis à Heidi le mauvais CD pour le faire passer pour celui de Nathan. Le démo que Heidi a entendu est celui d'un groupe du cégep, pas celui des Vecteurs. Sophie avait été soulagée que Nathan décroche un contrat pour un événement plutôt banal, en l'occurrence le Carnaval de la santé, qui ne se tiendra qu'au printemps. Assurer l'animation musicale lors d'une foire éducative est une chose; jouer à la danse de la Saint-Valentin en est une autre.

— Eh bien... dit Sophie.

Puis elle fait une pause pour gagner du temps.

— Je ne connais pas leur emploi du temps. C'est plutôt de dernière minute.

Elle doit trouver une solution. Elle pourrait dire qu'ils sont déjà pris, et ne pas en parler à Nathan. Il faut dire qu'elle n'a jamais entendu le groupe de Nathan; peut-être qu'il est super. Mais il y a de fortes chances que Nathan et ses amis ne soient pas prêts à jouer à la plus grosse fête de l'année.

Heidi semble ennuyée.

— Arrange-toi pour que ça marche. C'est toi qui voulais à tout prix qu'on les engage.

— Engager qui? demande Julia tout en passant un bras à motif de jungle autour de Sophie.

Aujourd'hui, elle a opté pour le style tribal urbain avec un haut d'inspiration africaine et un gros collier d'ambre. Elle les regarde toutes les deux et dit :

— Qu'est-ce que j'ai manqué?

— On engage les Vecteurs pour la danse de la Saint-Valentin, répond Heidi en sortant son cellulaire. Barbotine Frappée nous a laissé tomber.

Julia lâche Sophie et replace son bandeau orné de perles.

— Le groupe de Nathan? demande Julia.

Sophie lui lance un regard d'avertissement, mais Julia est occupée à chercher quelque chose dans son sac. Sophie tousse et dit :

— Ce n'est qu'une idée comme ça.

— C'est une excellente idée! répond Julia qui a complètement raté les signaux de Sophie. Nathan sera fou de joie.

— Tu vois! s'exclame Heidi en adressant un sourire à Sophie. C'est réglé. Il faut que je file. J'ai un entraînement de patinage artistique, du bénévolat au département de pédiatrie et un cours d'arts dramatiques…

La sonnerie retentit avant que Sophie ait pu entraîner Julia à l'écart.

— C'est la deuxième sonnerie! dit Julia en se hâtant de glisser son cahier dans son sac en plastique tissé. Sapristi! Il faut que je parle à Brosseau avant le cours!

En un éclair, elle bondit dans le couloir, laissant Sophie en plan, bouche bée.

— JULIA!

Le cri de Sophie s'évanouit dans l'air. Elle se retrouve

toute seule.

* * *

Durant le cours d'histoire, M. Gauthier fait un long discours sur les techniques d'agriculture des Mayas. Pendant ce temps, Sophie révise ses options. Elle peut dire à Nathan qu'elle a décroché un contrat pour son groupe, mais il pourrait être furieux s'il apprenait que les Vecteurs ont été choisis grâce à un faux démo. Avec un peu de chance, il n'en saura rien.

Elle peut aussi ne rien dire à Nathan, ce qui est injuste, puisque c'est uniquement dans le but de pouvoir jouer avec son groupe qu'il a accepté de subir une métamorphose. D'autant plus que la danse de la Saint-Valentin est comme le Saint Graal, l'événement décisif ultime. Cependant, elle leur a déjà décroché le contrat du Carnaval de la santé; de plus, elle n'a jamais entendu leur musique. Peut-elle risquer, lors de cette soirée très en vue, de les voir offrir une performance qui ne serait pas absolument époustouflante? S'ils font un fiasco, comment pourra-t-elle présenter Nathan comme un garçon cool et gagner son pari avec Emmanuelle?

Le mieux est de ne rien lui dire.

Elle pourra inventer une histoire pour Heidi, et dire que le groupe avait déjà autre chose de prévu. Comme ça, elle n'aura pas d'ennuis, et Nathan et ses amis n'auront pas à subir de pression. Elle pourra passer les deux prochaines semaines à se concentrer sur les débuts éblouissants de Nathan. Une fois qu'il sera officiellement reconnu comme un gars cool, alors elle l'aidera à décrocher des contrats. Elle ouvre son manuel sur les

125

civilisations anciennes, soulagée d'avoir un plan.

Lorsque la sonnerie se fait entendre, Sophie a son sac à dos à l'épaule, prête à aller trouver Heidi dans la cafétéria. Elle parcourt la salle des yeux, cherchant une tête aux cheveux bruns ondulés, lorsqu'on manque de la renverser.

— Salut.

Nathan tape fort sur son épaule par-derrière.

— Bravo! Tape là-dedans!

Il lève la main avec l'air d'attendre qu'elle s'exécute.

*Quoi?*

— Je viens de croiser Julia, annonce-t-il tout essoufflé. Elle a dit que l'autre groupe s'est décommandé, et que les Vecteurs vont jouer à la danse de la Saint-Valentin. C'est *fantastique*!

Si seulement elle avait pu parler à Julia d'abord et lui dire de ne pas vendre la mèche!

— Merci un million de fois, vraiment.

Il lui serre l'épaule affectueusement.

— Tu nous as rendu un fier service.

— Ouais.

Tant pis pour son beau plan.

— Écoute, il faudrait que j'assiste à votre répétition. Question de voir comment ça sonne.

Elle a un mauvais pressentiment.

— Pas de problème. Après l'école, au garage de Jonas. Maison jaune au bout de la rue du Verger. Faut que j'y aille.

Il lui présente son poing pour qu'ils cognent leurs jointures, et Sophie lève la main sans enthousiasme. Il indique quelque chose à l'autre bout de la cafétéria.

— Il y a un pow-wow pour échanger des BD de super-héros. Le numéro 45 d'*Annihilateur* est à ma portée.

Il s'éloigne en courant, puis se retourne, la regarde et lui crie :

— Tu es FORMIDABLE!

— Ouais, ouais.

Sophie lui adresse un signe de la main. Si seulement il savait qu'elle n'avait même pas l'intention de lui en parler!

Il disparaît au milieu de l'agitation de la cafétéria, et Sophie se laisse tomber à sa table. *Pas de panique*, se dit-elle. Peut-être que le groupe de Nathan n'est pas si mal… Il peut très bien être potable, non? Peut-être que Nathan découvrira comment ils ont eu le contrat. *Tout va s'arranger.* Elle allonge le cou pour tenter d'apercevoir Julia.

Ce sont plutôt Emmanuelle et Sienna qui s'approchent et déposent leurs plateaux.

— On ne te voit plus, dit Emmanuelle en écartant une mèche de cheveux blonds qui lui tombe dans les yeux.

Aujourd'hui, elle est habillée à la garçonne chic avec son béret pailleté et sa veste à motif léopard.

— L'objet de ton expérience scientifique a meilleure allure, je dois l'avouer.

Le choix de mots d'Emmanuelle fait tressaillir Sophie; puis elle se rend compte qu'elle a parlé de Nathan en ces mêmes termes il y a quelques semaines.

127

— On dirait bien qu'il s'est acheté de nouvelles lunettes de protection.

Sophie parvient à esquisser un sourire tout en enlevant le couvercle de son pot de yogourt. Elle n'est pas d'humeur à supporter les railleries d'Emmanuelle. Sienna, dont les cheveux blonds tombent en boucles sur son chandail à col roulé en mohair bleu, laisse échapper un petit rire sot.

— Bien sûr, il est loin d'être digne d'*Ashlée Caron* ajoute Emmanuelle d'une voix nonchalante, prenant soin d'étirer le nom d'Ashlée. Tu ne penses pas encore qu'Ashlée va l'inviter à danser, n'est-ce pas? Ce serait du délire.

Emmanuelle ouvre un emballage de sushis en plastique transparent.

— Est-ce que son dernier petit ami n'était pas, comme... en 3e secondaire?

Sophie sent la colère gronder en elle. *Garde ton sang-froid,* se dit-elle.

— Je ne délire pas. En fait, poursuit Sophie avec un haussement d'épaules, c'est tellement un pari gagné d'avance que j'ai déjà choisi la tenue que je porterai pour célébrer ma victoire.

D'un geste délicat, elle va chercher les fruits au fond du pot avec sa cuiller.

— Ce sera un chandail à capuchon à motif de surfeur gothique, avec un collier à gros maillons.

C'est important de montrer qu'elle n'a pas l'intention de perdre le pari.

— On planifie d'avance, à ce que je vois? dit

Emmanuelle d'un ton profondément sarcastique. Si j'étais toi, je songerais à ce que lui va porter, pas toi. La dernière fois que j'ai vérifié, il n'y avait pas de cape en plastique violette dans le *Teen Vogue.*

Sienna glousse à nouveau.

— Je ne suis ABSOLUMENT pas inquiète pour Nathan, dit Sophie.

Elle lèche le yogourt sur sa cuiller. Devrait-elle leur parler du succès de Nathan à la fête de Léa? Non, mieux vaut ne pas dévoiler son jeu.

— En fait, je serai surprise si Ashlée ne l'invite pas à sortir, ajoute-t-elle.

Emmanuelle et Sienna s'effondrent de rire, pliées en deux.

— Oh, comme s'il y avait la moindre chance que ça se produise, dit Emmanuelle en hoquetant. Je vais retenir mon souffle. Dommage, tu vas devoir renoncer à ta candidature au poste de présidente du club de mode. Tu ne penses tout de même pas te tirer d'affaire.

Sophie saisit son sac à dos d'une main et son plateau de l'autre. Comme Julia vient vers elles avec son plateau, Sophie lui indique de faire demi-tour. Ce pari fait ressortir le pire chez Emmanuelle, et Sophie trouve de plus en plus difficile de subir ses attaques. Pourquoi ne lui a-t-elle jamais dit sérieusement d'aller au diable? Pourquoi tout le monde la supporte?

Voilà le problème avec Emmanuelle : elle est si populaire que personne n'ose la défier. Eh bien, le jour de la Saint-Valentin, elle remettra Emmanuelle à sa place. Sophie dépose brutalement son plateau sur une autre table tandis que Julia s'assoit à côté d'elle.

Elle DOIT gagner ce pari.

Emmanuelle Gilbert va mordre la poussière.

# Chapitre 15

Elle les entend avant de les voir.

La maison jaune de la rue du Verger n'est pas difficile à trouver. C'est une maison à deux étages encore décorée de lumières de Noël et dont le porche s'affaisse. Alors que Sophie remonte l'allée jusqu'au garage, elle est accueillie par le fracas assourdissant des guitares et des percussions qui résonnent, ainsi que par le sifflement des feux laser numérisés.

*Je vous en prie, faites que les Vecteurs ne soient qu'en train d'accorder leurs instruments. Ou faites que ce ne soit qu'une sorte de réaction parasite.*

*Je vous en prie, mon Dieu, faites qu'il ne s'agisse pas d'une CHANSON.*

Elle frappe à la porte sur le côté du garage. Pas de réponse. Elle frappe de nouveau, mais personne ne l'entend. Finalement, elle pousse la porte pour l'ouvrir.

Le garage n'étant pas chauffé, les Vecteurs sont emmitouflés. Nathan tape comme un forcené sur un ensemble de bols couverts. L'écharpe rêche de Jonas frôle le sol tandis qu'il joue de la guitare. Un garçon maigre vêtu d'un gilet matelassé sans manches et d'une tenue chirurgicale souffle dans un boyau d'arrosage recouvert d'un entonnoir. Un autre, dont les cheveux noirs en bataille sont en partie enfouis sous sa tuque des Black Hawks de Chicago, est au synthétiseur. À côté de lui se trouve la fille mince au teint olivâtre; elle frappe avec une fourchette une rangée de bouteilles de boisson gazeuse, chacune étant remplie d'une quantité différente de liquide.

Mais qu'est-ce que?...

Sophie reconnaît la fille qui était à la séance d'échange de BD au parc, il y a quelques semaines. Comme ça lui paraît loin, déjà! La fille se sert de ses bouteilles d'eau comme d'un xylophone. Le gars au synthétiseur s'occupe de déformer les sons électroniquement. Le tout forme un ensemble vraiment bizarre.

Puis Nathan se met à chanter.

— BOUCHE DE MÉTAL, CŒUR D'OR...

C'est à peine s'il hoche la tête pour saluer Sophie, comme s'il était dans une profonde transe musicale. Les instruments sont incroyablement bruyants, comme s'ils se heurtaient les uns contre les autres. Les sonorités du xylophone viennent ajouter une touche surnaturelle, tout comme ce qui ressemble à des bruits de jeux vidéo. *On dirait un accident de voiture dans un jeu Nintendo,* se dit Sophie.

La musique est étrange, provocante et peut-être même cool, mais certainement pas le genre de musique sur laquelle on veut danser à la Saint-Valentin.

Lorsque la cacophonie s'arrête, Jonas et Nathan se

tournent vers elle, impatients d'entendre ses commentaires.

— Alors, demande Nathan, comment c'était?

Tous les regards sont rivés sur elle.

— Wow, c'était... commence Sophie en secouant la tête. Wow!

— Ouais, aujourd'hui on l'avait vraiment, souligne Jonas en repoussant ses longs cheveux blonds en arrière. Mais honnêtement, le résultat n'est pas toujours aussi bon.

Sophie se demande à quoi ça ressemble les jours où ils ne l'ont pas.

— Le titre de cette chanson est *Ode aux appareils dentaires disparus,* ajoute Jonas.

— Wow.

Sophie donne un coup de coude à Nathan et demande :

— Présente-moi.

Il saute aussitôt sur ses pieds.

— Hé, tout le monde, voici Sophie! c'est grâce à elle qu'on a eu le contrat.

Le gars en tenue chirurgicale frappe sur un pot de fleurs avec une cuiller pour l'applaudir.

Nathan promène son regard dans la pièce.

— Tu connais Jonas.

Il le désigne avec une baguette de tambour. Jonas hoche la tête et racle sa guitare.

— Manoé, continue Nathan.

Le gars en tenue chirurgicale la salue.

— Khalid, ajoute-t-il en montrant le gars au

synthétiseur. Et Absinthe.

La fille se lève et sourit timidement, permettant à Sophie de mieux voir son jean ample et ses chaussures de sport d'une marque inconnue.

— Les enseignants m'appellent Abby, dit-elle.

— On échantillonne des sons des premiers jeux vidéo.

Khalid pousse des boutons sur le synthétiseur.

— Chouette, hein?

— Regarde un peu nos instruments faits maison, dit Nathan en montrant ses tambours. Ce sont des bols qu'on a recouverts d'un ballon.

Il brandit des mailloches aux extrémités en caoutchouc marbré.

— Faites à partir de superballes et de goujons.

Plutôt ingénieux, elle doit l'admettre.

— C'est difficile de nous mettre une étiquette, dit Jonas. De toute évidence, nos influences sont Dentisterie et Conjonctivite.

— Évidemment.

Sophie n'a jamais entendu parler d'eux.

— Mais on n'est pas juste un autre groupe alternatif dans le genre de No Wave, psychobilly, qui fait du bruit pour faire du bruit.

— Jamais je ne dirais ça, déclare Sophie.

— Des instruments atypiques, des jeux de mots ironiques, voilà ce qui fait notre réputation, explique Nathan en secouant un contenant en plastique rempli de haricots.

C'est un désastre total.

Sophie s'appuie contre un ampli, prenant garde de ne pas froisser sa robe-chasuble à carreaux rose et noir.

— Connaissez-vous, euh... des chansons *ordinaires*?

— Plusieurs.

Jonas pince les cordes de sa guitare pour plus d'emphase.

— Tu devrais entendre tout ce qu'on a écrit.

— Non, dit Sophie d'un ton cassant. Je NE parle PAS de chansons que vous avez écrites, mais de chansons que les gens connaissent déjà.

Ils lèvent tous les yeux vers elle, alarmés par son nouveau ton de voix.

Jonas a l'air furieux, et Nathan paraît inquiet.

— On fait quelque chose de différent ici, rétorque Jonas. Notre spectacle n'est pas un clone des concerts de musique pop à guichets fermés.

Sophie respire un bon coup.

— Je dois être franche avec vous.

Elle secoue la tête.

— Si vous jouez ce que je viens d'entendre, vous allez faire un fiasco à la soirée de la Saint-Valentin. C'est... *intéressant* comme musique, mais ça ne convient pas à une soirée de danse à l'école. Pas du tout.

Voilà, elle l'a dit.

Un silence à couper au couteau s'abat sur le garage.

— Les gens veulent de la musique entraînante sur laquelle ils peuvent danser.

Elle relève le menton et poursuit :

— Des chansons grand public, des succès qu'ils connaissent déjà.

Sophie mentionne le nom d'un artiste qui a chanté à la mi-temps du Superbowl.

— Je DÉTESTE ce type, dit Jonas

Nathan, Manoé et Absinthe approuvent tous d'un signe de tête.

— Ma sœur lit des magazines de morons qui parlent de lui.

Jonas prend une voix de fille.

— Quelle est sa voiture préférée? Sa garniture de pizza favorite? Est-ce que son nombril est sorti ou pas?

Ses amis roulent les yeux, dégoûtés.

— Pas sorti, dit Khalid doucement.

— Boxeurs ou caleçons? poursuit Jonas.

Il s'arrête brusquement et se tourne vers Khalid.

— Qu'est-ce que tu viens de dire?

— Son nombril n'est pas sorti, répète Khalid. Puisqu'on s'intéresse aux détails.

— Son nombril... commence Jonas avant de se tourner vers Khalid de nouveau. Comment le sais-tu?

Khalid prend une gorgée dans sa boîte à jus.

— Ma sœur reçoit le *Teen Beat.*

Sophie lui adresse un sourire reconnaissant. Qui aurait cru que ce mordu de musique à l'allure débraillée lisait ce genre de potins?

— Je ne peux pas croire qu'on est en train de parler de ça! dit Jonas d'une voix cassée. De quel droit vient-elle nous dire ce qu'on doit faire?

Il esquisse un geste en direction de Sophie et cherche du regard l'appui de ses amis. Manoé souffle dans son boyau d'arrosage.

136

Nathan quitte son poste à la batterie et vient rejoindre Sophie.

— Euh, une pause pour tout le monde, dit-il en levant une main. Sophie et moi devons entrer en contact...

Sophie lui décoche un regard.

— Je veux dire, parler.

Il dépose ses baguettes et entraîne Sophie dehors. Sophie salue tout le groupe, mais seule Absinthe agite la main.

Ils marchent jusque devant la maison, où Sophie s'adosse à un arbre.

— C'est possible de danser sur plusieurs de nos chansons, fait remarquer Nathan, vexé. Seulement, ce n'est pas la musique habituelle que jouent la plupart des groupes de gars.

Il n'a pas compris.

— Nathan, cette soirée de danse est *très* importante... pour toi, pour tout le monde.

Sophie resserre son anorak argent et rose autour d'elle.

— Je ne vous rendrais pas service en vous envoyant là-bas sans que vous soyez prêts. Décommandez-vous, ça vaut mieux. Ils engageront quelqu'un d'autre.

Elle s'imagine mal annonçant la nouvelle à Heidi, mais a-t-elle le choix?

— Tu plaisantes?

Nathan est estomaqué.

— C'est une occasion en or pour nous. Il n'est pas question qu'on laisse passer ça. Je ne peux pas croire que tu nous le demandes!

Sophie arrache un morceau d'écorce à l'arbre. Cela la désole d'avoir à dire à Nathan de se décommander. Mais que peut-elle faire d'autre? Jusqu'à maintenant, il n'est pas un gars populaire, mais personne ne le connaît. S'il se plante à la soirée de danse, non seulement sera-t-il impopulaire, mais il sera aussi *célèbre*. Elle a la nausée rien que d'y penser.

— Nathan, écoute.

Elle entortille son écharpe autour de ses mains.

— Ce n'est pas que je n'aime pas ta musique, au contraire! Mais la foule s'attendra à autre chose.

— Pourquoi penses-tu que je me suis embarqué dans toute cette histoire de métamorphose? rétorque Nathan. Pour que mon groupe décroche des contrats! On a besoin de celui-là. Le public va aimer ce qu'on fait, j'en suis *convaincu*.

Sophie imagine les Vecteurs dans le gymnase de l'école, avec leur xylophone fabriqué à l'aide de bouteilles d'eau, tapant sur des pots de fleurs sous le regard horrifié d'Emmanuelle et de Carl.

— Nathan, je sais de quoi je parle, dit Sophie d'un ton suppliant. Tu n'es jamais allé à une soirée de danse! Tu veux te faire chasser de la scène sous les huées?

— Ça n'arrivera pas, affirme Nathan en croisant les bras.

— Je veux seulement ce qui est le mieux pour vous! s'écrie Sophie.

— Alors, fiche-nous la paix, lâche-t-il. VOILÀ ce qui est le mieux pour nous!

138

Furieuse, Sophie s'éloigne d'un pas lourd.

Elle rage tout en descendant la rue du Verger. Ils ne souhaitent donc pas la même chose? Que lui et son groupe aient du succès à la soirée de danse de la Saint-Valentin? Elle doit reconnaître cependant qu'ils n'ont pas tout à fait la même définition du mot « succès ». Nathan ne sait pas que, pour Sophie, réussir signifie qu'il retiendra l'attention d'Ashlée Caron et qu'ainsi, elle gagnera son pari avec Emmanuelle. Mais elle a fait ce pari pour prouver que n'importe qui peut être cool, et Nathan approuverait sûrement cette idée-là.

Encore faudrait-il qu'elle lui en parle.

Lorsqu'elle atteint la rue suivante, elle a réussi à faire taire la petite voix intérieure qui lui rappelle qu'elle n'a pas été tout à fait honnête. Comment Nathan Soulière ose-t-il faire fi de ses conseils? Et pour qui se prend-il au juste?

# Chapitre 16

Assise dans le labo de biologie, Sophie tente de chasser de son esprit sa dispute avec Nathan. Elle se sent affreusement mal quand elle revoit son visage au moment où elle lui a dit qu'ils devraient se décommander. Elle a cru bien faire en étant honnête avec lui : si les Vecteurs jouent à la danse de la Saint-Valentin, ils vont recevoir des tomates.

N'empêche, elle peut difficilement nier sa responsabilité dans tout ce qui arrive.

— D'abord, il faut déterminer le sexe de votre grenouille...

L'enseignant de science, M. Izbicky, parle avec son enthousiasme habituel, s'efforçant de communiquer son engouement pour sa matière. C'est un homme petit atteint de calvitie naissante, aux lunettes non cerclées, connu pour porter des cravates à thème de fêtes.

— Regardez s'il y a des callosités au niveau du pouce, sur les pattes de devant.

— C'est un mâle, dit Carl Tourville, le nouveau partenaire de labo de Sophie en jetant un coup d'œil à la créature gris pâle sur le plateau en métal.

— Maintenant, prenez votre scalpel et faites une incision de la gorge jusqu'à la jonction des pattes, indique l'enseignant.

— Ça va être ta fête, mon vieux, dit Carl en brandissant le poing.

Sophie met un moment à comprendre qu'il parle de la grenouille.

C'est un coup de chance qu'elle fasse équipe avec Carl. Lorsque les partenaires de labo ont été annoncés, les autres filles n'ont pas caché leur jalousie.

— Ce n'est pas juste, a bougonné Sienna Godbout en apprenant qu'elle était jumelée à l'excentrique Rebecca Fortier.

Sophie imagine comment Sienna doit se sentir : quant à être obligée de disséquer une grenouille, autant le faire en regardant Carl.

Pas de doute, ses cheveux blonds, son corps athlétique et la casquette de baseball qu'il porte à l'envers offrent un beau spectacle. Et bien qu'il ne soit pas le meilleur élève, il semble raffoler des grenouilles. Si Sophie s'y prend correctement avec lui, elle pourra peut-être le convaincre de s'occuper de la dissection.

— Scalpel.

Carl tend la main, et Sophie joue le rôle de l'infirmière.

— Écartez la peau, et vous verrez les muscles abdominaux de la grenouille, continue M. Izbicky en montrant un diagramme.

— Regarde ses muscles tout mous, dit Carl en décollant la peau. Elle est moins athlétique que moi.

Il relève son maillot de soccer et se tapote fièrement

l'abdomen.

Sophie reluque le ventre musclé de Carl.

— Dis donc!

Ça la change de la vue de la pauvre grenouille.

— Tu t'entraînes souvent?

— Vingt heures par semaine, répond Carl d'un ton nonchalant. Je pourrais soulever la plupart des élèves de 1re secondaire à bout de bras.

C'est beaucoup d'heures passées à soulever des poids. Sophie se surprend à penser à Nathan, qui occupe son temps libre avec des activités plus intéressantes. Elle songe à sa chambre remplie de livres, de cartes et de souvenirs avec un serrement de cœur.

— Peut-être pas les gars vraiment GROS, concède Carl.

M. Izbicky explique que la grenouille emmagasine la graisse à l'intérieur du cœlome interne.

— Quelqu'un sait de quel insecte les grenouilles sont particulièrement friandes?

— La mouche! répondent plusieurs élèves en chœur.

— Exactement. Comme les araignées, d'ailleurs.

— Sauf Spider-man.

Sophie se souvient que Nathan lui a dit quelque chose à ce sujet-là. Est-ce qu'elle a vraiment parlé tout haut?

— Tu lis Spider-man? demande Carl en haussant un sourcil.

— Non. Quelqu'un m'a raconté. Tu connais Nathan Soulière?

— Le gars avec la cape? demande Carl avec un petit

rire méprisant. LUI, je pourrais le soulever sans problème.

— C'est un passionné de la BD de super-héros.

Sophie roule les yeux.

— Il assiste à des congrès et connaît tous les illustrateurs et les auteurs.

Carl soulève le cœur pour laisser voir l'œsophage.

Elle décide de ne pas mentionner qu'il a un numéro de *Rat Girl* valant deux cents dollars.

— Nathan! dit Carl qui semble s'être subitement rappelé quelque chose. Ouais. Il y a des moisissures dans son sac à dos. Le concierge refuse de s'approcher de son casier. Une fois, il a mangé un ver au dîner!

— *Quoi*? s'exclame Sophie, bouche bée.

Elle recule brusquement.

— Où as-tu entendu ça?

— Je ne sais pas. Dans le cahier des vérités, peut-être?

Carl hausse les épaules tout en examinant la grenouille.

— Le SPHINCTER, annonce-t-il d'une voix forte. IMPRESSIONNANT.

Il tape dans la main d'un gars à une table voisine.

Quelqu'un répand des mensonges à propos de Nathan!

Sophie se lève et touche l'épaule de son partenaire.

— Carl, ce que tu viens de dire est totalement faux.

Elle le regarde droit dans les yeux.

— Il faut que je sache où tu as lu ça.

Carl se renfrogne et sort l'œsophage, l'estomac et les

intestins.

— Quelqu'un fait circuler un cahier.

Il s'essuie la main.

— Il y a des brillants sur la couverture. Je ne me souviens pas à qui il appartient.

Peut-être que lui ne le sait pas.

Mais Sophie, elle, le sait.

\* \* \*

Les toilettes des filles du deuxième étage sont le lieu de rassemblement préféré des filles cool de 1$^{re}$ secondaire. Lorsque Sophie entre, Janica Labrie est en train de tracer un trait de crayon contour sur ses lèvres, habillée comme une rockeuse britannique des années 60 avec son chemisier à jabot et son veston pour homme trop grand. Sienna Godbout a plutôt opté pour le style fée bohémienne avec son haut en dentelle, son châle à franges et ses bottes hautes lacées. Debout devant le miroir, elle fait gonfler ses boucles blondes avec la concentration d'un chirurgien cardiaque.

— Le mode d'emploi dit : rincez, faites gonfler avec les doigts et voilà!

Sienna fait la moue.

— Mais mes cheveux manquent toujours autant de tonus.

Janica hoche la tête d'un air compatissant.

— Essaie de les sécher à la serviette, dit-elle en appliquant sur ses lèvres du brillant couleur framboise.

Sophie réprime un sourire. Toujours les mêmes problèmes d'importance cruciale.

— Renversantes, vos tenues.

Sophie leur lance un regard avant de se tourner vers le miroir pour retoucher son mascara.

— Quelqu'un sait où est rendu le cahier des vérités? Celui avec la couverture brillante?

Sienna et Janica se regardent d'un air entendu.

— Je ne sais pas, répond Sienna en sortant sa poudre pour le visage.

— Hum, fait Sophie en brossant ses cils vers le haut. Il faut absolument que je le trouve.

— Ça semble mystérieux, observe Sienna en appliquant la poudre sur ses joues à l'aide d'un pinceau à bout rose.

— Non, je suis seulement...

Sophie doit trouver le ton juste.

— ... curieuse.

On n'entend plus que le bruit des brosses à cheveux, des étuis en plastique qu'on ouvre et du mascara que l'on pompe dans le tube.

Le moment est venu d'employer les grands moyens. Sophie fouille dans son sac et en sort un porte-clés à l'effigie d'un célèbre singe.

— L'une de vous aimerait avoir un porte-clés? J'en ai déjà un.

Ce n'est pas vrai, mais elle pourra toujours s'en procurer un autre.

Si jamais elle retourne à New York un jour...

— Bien sûr, dit Janica en prenant le porte-clés en cuir, mais elle n'offre aucune information en retour.

— Très jolis, dit Sienna en regardant les nombreux bracelets d'esclave au bras de Sophie. Est-ce qu'ils sont vendus ensemble?

Non, pas les bracelets! C'est un cadeau de Julia!

Sienna et Janica se tournent de nouveau vers le miroir.

À contrecœur, Sophie enlève la moitié des bracelets.

— Prends-les, dit-elle. J'en ai tellement que ça devient trop lourd.

Sienna les accepte avec joie, tandis que Sophie secoue légèrement son bras délicat. On n'obtient pas du tout l'effet recherché à moins de les porter tous. Sophie retire les bracelets qui restent en soupirant et les dépose sur le lavabo à côté de Sienna.

— Les filles?

Sophie commence à s'impatienter.

— *Le cahier des vérités?*

— O.K, O.K.

Janica fait un signe de tête à Sienna, comme si elle sentait que Sophie était à bout de patience.

— C'est Tiffany Doiron qui l'a.

— Tiffany. Merci.

Sophie s'efforce de ne pas avoir l'air trop pressée tout en tapotant distraitement ses cheveux. Deux filles de 1re secondaire entrent dans les toilettes en riant fort et en faisant des bulles avec leur gomme à mâcher. Sophie salue Janica et Sienna d'un geste de la main et prend tout son temps pour sortir, jusqu'au moment où la porte se referme derrière elle.

Elle file alors à toutes jambes dans le couloir.

* * *

Sophie trouve Tiffany dans le vestiaire du gymnase.

146

— Est-ce que tu as?...

Elle baisse le ton.

— Il paraît que tu as un... euh...

Elle trouve difficile de prononcer les mots.

— ... cahier des vérités?

— SO-PHIE!

Tiffany scande son nom comme s'il s'agissait d'un cri de ralliement, puis dépose sa serviette pour cogner les jointures de Sophie dans un geste amical. Grande et athlétique, Tiffany est la joueuse étoile de l'équipe féminine de soccer. Elle fouille dans un sac à cordon en filet dans lequel se trouve un ballon de soccer.

— Je t'en prie, prends-le, dit Tiffany d'un ton suppliant en lui tendant un cahier scintillant décoré de cœurs et d'arcs-en-ciel autocollants. Ce cahier est ignoble.

*Tout le monde déteste le cahier,* remarque Sophie. *Pourtant, tout le monde écrit dedans.*

Sophie se rend à la bibliothèque pour examiner le cahier sans être dérangée. Seuls les vrais de vrais intellos vont à la bibliothèque pendant l'heure du dîner, et Mme Croteau, la bibliothécaire, est manifestement contente de la voir arriver. C'est une femme mince aux cheveux argentés et aux grosses lunettes qui utilise des fourre-tout de la radio publique.

— Tu as besoin d'aide? demande-t-elle d'un ton plein d'espoir.

— J'ai déjà de quoi lire.

Sophie agite le cahier scintillant. Mme Croteau fronce les sourcils.

Sophie traverse la pièce et dépose son sac à dos sur un bureau sous une enseigne indiquant : RÉFÉRENCES EN SCIENCES : M-Z.

Personne ne la trouvera ici.

Le cahier lui paraît vaguement familier, avec son mélange déroutant d'écritures peu soignées en différentes couleurs de stylo. Parfois, les mots serpentent en bordure d'une page ou s'entassent dans les coins. Des binettes heureuses, des cœurs et autres griffonnages parsèment les pages.

Elle parcourt le cahier à la recherche du nom de Nathan. Elle trouve une liste des « désastres vestimentaires » et une section intitulée *Andouilles à surveiller*. Elle ne perd pas trop de temps à lire les commentaires; de toute façon, cela la met mal à l'aise. Quelqu'un se plaint que les garçons de $1^{re}$ secondaire ne sont pas aussi beaux que ceux de $2^e$ secondaire. Une soirée-pyjama a eu une mauvaise critique.

Puis elle l'aperçoit.

C'est l'écriture d'Emmanuelle, bien sûr.

*Quelqu'un connaît un super geek nommé Nathan Soulière?* lit-elle. *Ce gars vit tellement sur une autre planète qu'il devrait être exclu de Deslongchamps. Il a un RÉEL problème d'hygiène personnelle, et un jour le concierge a dû ramasser son propre vomi après avoir vu ce qu'il y avait dans le casier de Nathan; voilà pourquoi il ne s'en approche plus. C'est une histoire vraie, l'amie d'une de mes amies y était. On sait aussi qu'il mange des trucs du labo de science pour dîner, comme des vers, et même des parties de rats de laboratoire et...*

Sophie trace un X géant sur la page et inscrit MENSONGES en gros caractères.

Emmanuelle est malintentionnée et cruelle.

Sophie referme le cahier, furieuse. Mais au bout de quelques minutes, elle l'ouvre de nouveau. Y a-t-il autre chose à propos de Nathan? Elle s'arme de courage et feuillette le cahier. Puis son œil est attiré par quelque chose de familier...

Sa propre écriture.

Elle a écrit une page intitulée *Tribunal de la mode*, dressant une liste des coupables, des crimes, des verdicts et des sentences suggérées. Elle a condamné Lily Perras pour « abus de minijupe », Jennifer Frappier pour « mélange de motifs animaux » et Fannie O'Neil pour « être Fannie O'Neil ». En voyant les mots qu'elle a gribouillés sur le papier, Sophie a la nausée. Mais *à quoi pensait-elle donc?*

L'inscription dont elle a le plus honte porte sur Sanjay, un garçon timide arrivé à Deslongchamps en milieu d'année et qui n'a pas beaucoup d'amis. Sa vie est probablement déjà assez difficile comme ça sans qu'on se moque de ses vêtements dans un stupide cahier des vérités. Avant de rencontrer Nathan, les gars intello n'étaient qu'un élément du décor, pas des gens avec des sentiments, des espoirs et des collections de BD de super-héros. Elle a envie de rentrer sous terre quand elle lit ce qu'elle a écrit sur lui.

**TRIBUNAL DE LA MODE**

**Criminel :** *Sanjay Ghosh*
**Crime :** *avoir porté des flâneurs noirs avec des chaussettes de sport*
**Verdict :** *coupable*
**Sentence suggérée :** *enlever ses flâneurs et se flageller avec son propre sac banane*

Elle referme tristement le cahier.

*Je suis désolée, Sanjay. Tu as l'air d'un gars gentil; je ne sais pas pourquoi j'ai écrit ça.*

Le fait de lire ses propres mots dans le cahier a pour effet d'amoindrir son sentiment d'indignation envers Emmanuelle. Sophie aussi a été cruelle, et s'est moquée de cibles faciles. Emmanuelle est allée plus loin, n'hésitant pas à mentir carrément. N'empêche, Sophie n'est pas exactement sans reproches.

Joli travail.

Elle referme le cahier et s'extirpe de derrière le bureau, saluant Mme Croteau de la main en passant.

— N'oublie pas la foire du livre! lance la bibliothécaire en souriant.

Quelque chose dans ce rappel enthousiaste rend Sophie encore plus triste, car elle sait qu'elle n'ira probablement pas. Elle a l'impression que c'est son destin de laisser tomber tout le monde autour d'elle : Sanjay, Nathan, même la bibliothécaire. Elle pousse l'épaisse porte vitrée. Celle-ci lui paraît extrêmement lourde.

Elle était furieuse contre Emmanuelle, et elle l'est toujours. Mais elle l'est encore plus contre elle-même.

Est-il trop tard pour changer?

# Chapitre 17

Sophie sait exactement où la trouver.

Emmanuelle et Sienna sont assises sur un banc à l'entrée de la cafétéria, et attribuent des notes à la tenue vestimentaire des élèves qui passent. Sienna a l'air d'un ange déchu avec sa blouse de bohémienne et ses bottes victoriennes, tandis qu'Emmanuelle est superbe dans la veste à fines rayures qu'elle porte sur un chemisier smoking et un jean.

— Huit virgule quatre.

Emmanuelle tourne la tête pour admirer le polo couleur sorbet d'un joueur de soccer. Ni l'une ni l'autre n'ont vu Sophie se poster à côté d'elles.

— Trois virgule cinq, lance Sienna qui vient d'évaluer un haut à taille froncée.

— Hé, Emmanuelle, dit Sophie d'un ton désinvolte. As-tu écrit des mensonges dans un certain cahier des vérités récemment?

Emmanuelle et Sienna lèvent les yeux, surprises.

— « Il mange des vers pour dîner? Le concierge vomit près de son casier? » dit Sophie, les bras croisés. Tu ne manques pas de culot!

Elle observe Emmanuelle. Celle-ci prend un air amusé et réplique :

— Eh bien... eh bien... c'est ce qu'on appelle être sur la défensive!

Emmanuelle et Sienna échangent un regard.

— Le casier de Nathan n'est pas un dépotoir de produits toxiques, continue Sophie d'un ton brusque. Et ce n'est pas un salaud. En fait, sa chambre est tellement bien rangée que...

Dès qu'elle a prononcé ces mots, Sophie se rend compte de son erreur.

— Tu as vu sa *chambre*? s'écrie Sienna joyeusement d'une petite voix aiguë. Ça alors... c'est du sérieux.

Les deux amies rigolent. Elles ont six ans ou quoi?

Sophie se sent soudain très lasse. Elle se laisse tomber sur le banc, posant son sac besace à côté d'elle.

— Écoute, j'ai déjà écrit dans des cahiers de la vérité...

— Exactement, dit Emmanuelle en levant le menton d'un air de défi. Alors de quel droit tu nous tombes dessus?

— Emmanuelle, je... Je ne suis pas fière d'avoir fait ça. Je n'ai pas songé que les mots peuvent blesser les autres.

Mais ça, c'était avant qu'elle fasse la connaissance de Nathan.

— Et alors?... demande Emmanuelle d'un ton sarcastique.

Sophie est sur le point de lui servir une réponse cinglante, mais elle se retient. Elle aimerait communiquer vraiment avec Emmanuelle, pas se disputer avec elle.

— Nathan est un gars correct, dit-elle doucement. Il mérite mieux. Donne-lui une chance de faire ses preuves.

— Inutile de te mettre dans un état pareil. S'il est si extraordinaire que ça, il le prouvera, dit Emmanuelle en faisant bouffer les volants de son chemisier smoking. Nous savons toutes les deux que tout ça, c'est à cause du pari.

— Pas du tout, Emmanuelle, proteste Sophie. C'est de Nathan que je te parle, et non du pari.

— Un pari?

Sophie entend la voix de Nathan derrière elle.

— Quel pari? répète Nathan qui se tient juste devant elles.

Le sang de Sophie se fige.

Le regard de Nathan va de l'une à l'autre. Ses cheveux sont en désordre, et sa chemise bleue en oxford est froissée, comme s'il s'était habillé en vitesse. Un fil d'ordinateur pend à l'extérieur d'une des pochettes de son sac à dos. Sophie, Emmanuelle et Sienna se lèvent toutes en même temps.

Sophie se frotte le front et soupire.

Il n'aurait pas pu choisir pire moment pour se montrer.

Emmanuelle sourit gentiment à Nathan et lui annonce :

— Ton « amie » ici présente a parié qu'elle pourrait faire de toi un des nôtres. Si elle gagne, elle sera présidente du club de mode. Demande-lui.

Elle saisit son sac à main semblable à une trousse de

médecin, et Sienna jette son châle sur son épaule. Puis elles sortent de la cafétéria, laissant Sophie et Nathan seuls.

— Tu as parié sur moi? s'exclame Nathan, l'air sonné. Je ne comprends pas.

Tout va tellement mal, Sophie ne sait même pas par où commencer.

— Nathan, je...

Sa voix faiblit.

— Ce n'est pas comme ça que...

*Zut.*

*Zut.*

*Zut.*

— Tu vas devenir présidente d'un club? demande Nathan en plissant les yeux. À cause de...

— C'est une très longue histoire, balbutie Sophie, les joues en feu, en se balançant d'un pied sur l'autre. Pourquoi ne pas aller quelque part et...

— Je ne peux pas.

Il sort un boîtier en plastique contenant un CD, dépose une note chiffonnée dans la main de Sophie et lui dit :

— J'étais venu te poser quelques questions à propos de ça. C'est Heidi qui me l'a donné.

Sophie déplie maladroitement le bout de papier, en proie à une appréhension douloureuse.

*Nathan,*

*Je te redonne ton CD des Vecteurs. Plus qu'une semaine avant la soirée de danse!*

*Heidi*

155

Tandis qu'elle lit la note, les mains de Sophie se mettent à trembler.

Voilà. Sa vie est officiellement gâchée.

Nathan reprend le bout de papier et le démo. Il retourne le CD, qui ne porte pas d'étiquette.

— Sophie, dit lentement Nathan, d'un ton sérieux. Qu'est-ce que c'est que ça?

C'est son pire cauchemar, ou presque.

Elle prend une grande respiration.

— J'ai remis à Heidi le démo de quelqu'un d'autre pour que vous décrochiez le contrat. J'ignore ce qui m'a passé par la tête.

Nathan la regarde, incrédule. Le silence est insoutenable. *Engueule-moi,* pense-t-elle. Il doit dire quelque chose, *n'importe quoi!*

— Si tu avais besoin d'un démo, pourquoi ne pas me l'avoir demandé, tout simplement?

Nathan tremble aussi maintenant.

Il n'y a rien à répondre à ça.

— Tu ne me fais vraiment pas confiance, n'est-ce pas?

Nathan parle comme s'il commençait peu à peu à saisir quelque chose.

— Ça ne t'a jamais effleuré l'esprit que peut-être, je dis bien *peut-être*, j'aurais pu le faire? Ou que je méritais au moins la chance d'essayer?

Sophie fixe ses pieds d'un air piteux.

Il secoue la tête encore une fois.

— Et dire que j'avais l'intention de m'excuser parce que je m'en voulais de m'être disputé avec toi. J'ai cru

156

qu'on était amis.

— On est amis! dit Sophie en relevant la tête. Je suis...

— Plus maintenant, rétorque Nathan, la voix brisée. Je ne te fais plus confiance.

Sophie le regarde hisser son sac à dos sur son épaule et s'éloigner jusqu'à l'autre bout de la cafétéria. Sa silhouette rapetisse peu à peu, puis il disparaît dans la foule sans jeter un seul regard en arrière.

# Chapitre 18

Au cours de la semaine qui suit, Sophie tente de trouver Nathan pour arranger les choses. Mais il n'est jamais aux endroits qu'il fréquente habituellement (le fond de la cafétéria, le parc, le labo). Sophie revoit donc ses amies de la table cool, ce qui inclut Emmanuelle. Depuis leur confrontation, toutefois, Sophie prend soin d'éviter les conversations en tête-à-tête. Leur amitié fragile a laissé place à une rivalité non dissimulée, qui culminera avec une épreuve de force le jour de la Saint-Valentin.

Avec un peu de chance, Nathan respectera leur marché.

Continuera-t-il à observer les règles qu'elle lui a apprises? Peut-être qu'il a déjà recommencé à porter son blouson argenté de chef de guerre galactique et à coiffer ses cheveux en crête de coq. Elle se demande avec mélancolie ce qu'il est en train de faire. Jouer de la batterie? Dessiner des scénarios-maquettes? Concevoir une base de lancement?

La nouvelle vie de Sophie sans Nathan lui laisse plus

de temps pour magasiner, parler au téléphone et penser à sa tenue pour la Saint-Valentin. Elle devrait s'en réjouir! Si les choses s'étaient déroulées comme prévu, elle ne saurait pas où donner de la tête cette semaine. Il lui aurait fallu préparer Nathan pour le grand jour, revoir sa tenue, l'exercer à converser et à danser. Mais voilà qu'elle a tout son temps.

Trop de temps.

— Comment trouves-tu ma robe? demande Julia.

Sophie est affalée sur le lit dans la chambre de son amie, adossée contre la somptueuse tête de lit capitonnée. Julia a voulu donner à cette pièce le style d'une chambre d'hôtel de luxe, avec des chaises à imprimé zèbre et une lampe en acier des années 60. Debout devant sa penderie, elle tient ce qui ressemble à une masse de plumes fuchsia.

— C'est une robe, ça? dit Sophie.

Elle rampe sur le lit pour mieux voir. Les plumes sont fixées à une robe-tube en tissu moulant.

— C'est mon côté garçonne psychédélique des années 20, explique Julia en admirant la robe dans le miroir. Original, non?

— Mmm... fait Sophie.

— J'aime bien qu'elle n'ait qu'une épaule, ajoute Julia.

Avant, son amie n'aurait jamais acheté une robe pour une grande occasion sans la consulter, remarque Sophie. Julia a toujours eu un style fantaisiste, mais depuis quelque temps, son style est devenu carrément délirant.

Elle marie pantalon métallique et veste crochetée, blouson de suède en patchwork et chapeau tambourin. Julia diversifie ses goûts tout en développant son propre style. Même si Sophie ne porterait jamais la robe de Julia, elle est quand même impressionnée.

— Elle vient avec une large ceinture-écharpe, précise Julia en inclinant la tête. Mais une ceinture rouge scintillante serait encore plus dans le ton pour la Saint-Valentin.

— Excellente idée, dit Sophie. Tu es géniale.

Le lendemain au club de mode, Sophie se surprend à avoir des pensées rebelles. Peut-être que l'audace de Julia en matière de mode a déteint sur elle. Environ 25 filles bien habillées sont entassées dans la classe, ce qui est moins que d'habitude. Plusieurs filles, membres du comité d'organisation de la danse de la Saint-Valentin, sont absentes, y compris Ashlée et Julia. Elles s'affairent à décorer le gymnase.

Sienna est à l'avant de la classe et s'adresse au groupe.

— Nous avons quelques points à l'ordre du jour.

Elle porte une minirobe à carreaux en flanelle, un blouson en denim et une dizaine de colliers.

— La feuille d'inscription pour celles qui aimeraient travailler à la rédaction de notre lettre d'information, *Mode 2.0*. Une pétition pour demander des uniformes d'éducation physique plus flatteurs. Et plus tard, nous ferons une séance « Que révèle votre sac à main? »

Janica lève la main.

— N'oublie pas...

Sienna hoche la tête.

— Le rapport du jour : le brillant à lèvres écologique.

La réunion se poursuit avec les discussions habituelles sur les héros et les zéros de la semaine dans le monde de la mode, photos de magazines à l'appui. Une vedette de la chanson se fait descendre en flammes pour avoir porté du tweed avec des sandales à lanières; un mannequin est encensé grâce à sa robe de soirée moulante ornée de perles. Puis on cherche des exemples parmi les gens du coin.

— Puisqu'on parle de gaffes dans le domaine de la mode, commence Maya Benitez en rejetant ses longs cheveux bruns en arrière. Avez-vous remarqué les tenues loufoques que porte Julia depuis quelque temps?

Sophie relève brusquement la tête. Il y a parfois du potinage durant les réunions, mais il est rare que l'on critique d'autres membres du club. Julia se trouve actuellement au gymnase, où elle suspend des cupidons en carton au plafond. Depuis quand est-elle tombée en disgrâce auprès du groupe?

— Qu'est-ce que tu?... bredouille Sophie. Je la trouve superbe.

Les regards de Sienna et d'Emmanuelle se rencontrent tandis que Maya continue :

— En général, j'aime bien le mélange des styles féminin et garçon manqué mais... des bottes de cowboy avec des jambières? OUF!

Hum... C'est assez difficile à justifier, en effet, mais...

161

Soudain, tout le monde y va de ses commentaires.

— La semaine dernière, elle portait une ceinture qui ressemblait à l'orthèse de ma grand-mère!

— Et l'autre jour, un sarouel...

— Un knicker à franges!

Incrédule, Sophie écoute les critiques à l'endroit de Julia fuser de toutes parts. Celle-ci est pourtant l'amie de tout le monde, en plus d'être sa meilleure amie. Cette attaque est si inattendue que Sophie reste là, comme assommée par chaque nouvelle accusation. On a dépassé les bornes ici... ou n'est-ce qu'une impression due au fait que c'est sur Julia qu'on s'acharne? Les filles n'oseraient jamais faire ça devant Ashlée.

— Hé! dit Sophie en se levant. *Arrêtez!*

Les autres filles se tournent vers elle, surprises de la voir s'emporter.

— C'est Julia que vous critiquez, dit-elle, debout les mains sur les hanches. L'organisatrice de l'échange de boucles d'oreilles. L'instigatrice de la Journée à l'envers!

— On apprécie son travail, mais on fait partie du club de mode. Chacune des membres doit être un modèle d'excellence, réplique Emmanuelle avec impatience.

Sophie a les paumes toutes moites et dit :

— Vraiment? Je croyais que le but du club était de nous permettre d'échanger des idées; pas de s'en prendre à quelqu'un parce qu'il est différent.

— On a déjà critiqué les tenues vestimentaires des autres avant aujourd'hui, souligne Janica en haussant un sourcil. Tu ne t'es pas fait prier pour participer.

162

Sophie songe à ce qu'elle a écrit dans le cahier de la vérité et elle n'en est pas fière. Elle s'adresse au groupe et dit :

— Oui, c'est vrai. Pour une raison ou pour une autre, j'ai fait fausse route, comme vous toutes peut-être. La mode, c'est une affaire de créativité et de goût du risque. Pas de jugement.

Un bourdonnement furieux se fait entendre, auquel se mêlent quelques murmures d'approbation.

Emmanuelle se lève et lisse son chemisier blanc et sa cravate et dit :

— J'ignorais qu'on prononçait des discours de campagne aujourd'hui. Sophie et moi avons une vision différente du club. Mon but est d'élever le QI de l'école en matière de mode et de promouvoir l'excellence, pas le laisser-aller.

Ces mots réveillent la détermination de Sophie. Si elle devient présidente, elle pourra donner une nouvelle orientation au club, peut-être même à l'école. Elle mettra moins l'accent sur la critique et plus... sur la mode. Elle aidera les autres à établir leurs propres styles.

Ce que Nathan a toujours fait, d'ailleurs.

Subitement, Sophie se rend compte d'une chose : Nathan *doit* jouer sa musique insolite lors de la soirée de la Saint-Valentin. Julia *doit* porter cette robe extravagante. Et Sophie doit aussi être plus cohérente avec elle-même, qu'il s'agisse de défendre sa meilleure amie, de jouer de la flûte ou de créer un club de mode amélioré.

Malheureusement, la seule façon pour elle de

transformer le club de mode est de gagner son pari avec Emmanuelle.

Sophie balance son sac besace sur son épaule et prend son chandail.

Elle sait ce qu'il lui reste à faire.

# Chapitre 19

C'est le jour du grand événement, et Sophie n'a toujours pas joint Nathan. Les textos et les messages qu'elle a laissés dans sa boîte vocale sont restés sans réponse.

Après la réunion du club de mode jeudi, elle a même mis sa fierté de côté et s'est rendue directement chez lui. Son cœur battait fort lorsqu'elle a appuyé sur la sonnette, mais personne n'est venu ouvrir. Tremblante de froid, elle est allée jusqu'à faire le tour de la maison pour regarder par la fenêtre de sa chambre. La pièce était sombre, et elle n'a rien pu voir sauf une décalcomanie de Superman dans la vitre.

C'est maintenant samedi midi, le jour de la danse, et Sophie fait une nouvelle tentative. « Salut, c'est Nathan. Je ne suis pas là pour le moment. Laissez votre numéro au son de l'explosion… »

Elle raccroche.

Y a-t-il un moyen de lui faire savoir avant la danse qu'elle avait tort? Voudra-t-il seulement lui parler? Y a-t-il encore une chance qu'elle gagne son pari avec Emmanuelle, alors que c'est plus important que jamais?

Ce suspense la rend folle.

En attendant, elle a beaucoup à faire, à commencer par téléphoner à Julia. Elles mettent moins de deux heures à se décider pour leur coiffure (volume et corps pour Sophie, style ébouriffé pour Julia), leurs ongles (manucure française pour Sophie, vernis rouge pour Julia) et leurs manteaux (Sophie portera le manteau simili-fourrure de sa mère, et Julia, sa pèlerine; les deux espèrent qu'il ne va ni pleuvoir ni neiger).

Sophie ne dit rien à Julia de ce que ses prétendues amies ont raconté au sujet de ses choix vestimentaires. Elle est fière de voir Julia porter ses tenues audacieuses et excentriques; tant mieux pour elle. Si Sophie parvient à la tête du club de mode, elle nommera Julia vice-présidente.

Ou, du moins, experte-consultante en chaussures.

Samedi après-midi, la salle de bains de Sophie se transforme en véritable salon de beauté : bain moussant à la lavande, extraction de points noirs, masque au thé vert, hydratation de la peau, soins des mains et des pieds. Ses cheveux sont lavés, revitalisés, épongés à la serviette, humectés, froissés, peignés, pincés, enduits de mousse à coiffer, lustrés, vaporisés et secoués pour donner de magnifiques ondulations désordonnées. Il en faut du temps pour recréer la tête qu'on a au saut du lit!

Puis la robe.

Sophie retire la pellicule de plastique qui la protège et effleure les couches de tulle rouge brillant retenues par de délicates bretelles. Elle enfile la robe et admire la ceinture en soie rouge et le corsage brillant. Pour compléter cette tenue flamboyante, elle fixe une fleur de soie rouge derrière son oreille. Avec le bracelet de perles de sa mère, elle est belle... comme un cœur.

Parfait!

Elle essaie de nouveau de joindre Nathan, mais toujours aucune réponse. Ne devrait-il pas être en train de s'habiller à l'heure qu'il est? Enfile-t-il le pantalon de coton qu'elle a choisi pour lui? Et cette chemise tissée bleue qui fait ressortir la couleur de ses yeux? Froissera-t-il ses cheveux comme elle le lui a montré? Se souviendra-t-il de ne pas porter de chaussettes blanches?

Tout ce qu'elle peut faire maintenant, c'est prier.

\* \* \*

Lorsque Sophie entre dans le gymnase avec Julia, elle se sent transportée. D'énormes lettres rouges étincelantes forment les mots DANSE DE LA SAINT-VALENTIN parmi des bouquets de ballons rouges et roses retenus par du ruban à friser argenté. Des cupidons rouges, des cœurs en papier et des serpentins roses et blancs pendent au plafond. Le tableau indicateur électronique croule sous les guirlandes argentées. Des bougies flottant dans des récipients en verre éclairent la salle d'une douce lueur, transformant le gymnase en un rêve rouge, blanc et rose.

Alors qu'elles déambulent tranquillement, Sophie sent quelque chose lui tomber sur la tête. Mais qu'est-ce que?... Un cupidon en carton rouge s'est décroché du plafond et l'a frappée comme un missile, parsemant du même coup ses bras de fines paillettes rouges. La surprise lui fait perdre l'équilibre pendant un instant, et les deux amies échangent un regard ahuri.

Sophie époussette ses bras de quelques paillettes tandis qu'elles se dirigent vers la table des rafraîchissements. Les invités se retournent sur leur passage et écarquillent les yeux. Sophie est flattée; son style valentine fait des ravages! Puis elle réalise que c'est Julia que les gens fixent, ou plutôt la robe de Julia.

Sa meilleure amie illumine la pièce avec ses plumes fuchsia. Un long collier argenté ajoute une touche de brillance à sa tenue, tout comme le sac-bracelet en cuir verni noir orné d'une grosse chaîne. Des bas de nylon blancs satinés et des chaussures à brides à talons hauts complètent l'ensemble avec élégance. Même si Sophie n'aimait pas la robe sur le coup, elle doit reconnaître qu'elle est époustouflante avec tous les accessoires. Récemment, certaines expériences vestimentaires de Julia ont laissé Sophie perplexe; mais cette fois, elle frappe dans le mille.

— Oh là là! s'exclame Janica, elle-même vêtue d'une robe froncée en soie rouge. Je ne savais pas que le fuchsia pouvait être aussi flatteur.

— Je peux toucher? demande Sienna d'une petite voix aiguë. Oooh!

— J'espère que tu ne mues pas, dit Maya Benitez en grimaçant.

Maya, la critique la plus sévère du style de Julia, semble ennuyée de la voir attirer autant l'attention. Elle boude, effacée dans une banale robe corail en mousseline.

Visiblement, Julia adore être le centre d'intérêt.

— Merci, dit-elle gaiement en se tapotant la tête pour s'assurer que les petites boucles rouges sont toujours en place. J'ai toujours voulu avoir un boa de plumes fuchsia. Alors je me suis dit : pourquoi pas toute une robe?

Pendant que sa meilleure amie est entourée de sa cour, Sophie jette un coup d'œil sur la table recouverte de papier rouge et de napperons blancs. On trouve dans des bocaux différentes sortes de bonbons : des boules de feu, des cerises sures, des chocolats, des bonbons rouges et des cœurs à la cannelle. Des fleurs blanches flottent dans un bol de punch aux fruits rouges. Une piñata géante en forme de bouche est suspendue au-dessus de la table, tandis que des colliers phosphorescents rouges pendent au cou des invités.

Au bout de la salle se trouve une plate-forme, le gymnase faisant également office d'auditorium. La scène, elle aussi, est décorée de guirlandes argentées et de ballons rouges et roses. Les lourds rideaux beiges sont fermés, mais ils s'écartent de temps en temps pour laisser voir des gens qui se déplacent derrière.

*Nathan est là,* se dit Sophie.

Elle a une boule dans la gorge.

Elle se faufile entre les petits groupes de filles vêtues de simili-fourrure, de satin et de dentelle, jusqu'au couloir qui mène dans les coulisses. Lorsqu'elle atteint l'entrée des artistes, Sophie manque de heurter Mme Fortunato, l'enseignante d'éducation physique, qui monte la garde armée, planchette à pince à la main. Elle porte un survêtement, des chaussures de sport et (un clin d'œil à la Saint-Valentin?) une casquette de baseball rouge.

— Personne n'est admis à l'arrière-scène.

— Il faut que je parle à Nathan Soulière, supplie Sophie.

— Pourquoi?

— J'ai un message important pour lui.

Mme Fortunato secoue la tête.

— Il est recherché par l'escouade antiterroriste, dit Sophie.

L'enseignante lui lance un regard sévère.

Sophie fait un nouvel essai.

— Sa sœur a VRAIMENT besoin de son rein.

Mme Fortunato croise les bras.

— Sa tarentule est portée disparue?

Sophie commence à être à court d'idées.

Mme Fortunato ne bronche pas.

— *S'il vous plaaaaît!* implore Sophie. C'est une question de vie ou de mort!

Toujours aucune réaction.

— Très bien! dit Sophie en agitant furieusement son sac à main rouge. Mais ne venez pas me dire que je ne vous ai pas…

Elle ne termine pas sa phrase, car l'enseignante passe le relais à M. Fiset, le gardien de sécurité de l'école. Il la saisit par le coude sans un sourire.

*Oh, oh!*

Mais l'homme grand et chauve se contente d'escorter Sophie jusqu'au gymnase.

— Quand j'allais à l'école, c'était l'époque du disco,

170

raconte-t-il d'une voix grave. Connais-tu KC et le Sunshine Band?

Sophie fait signe que non.

— C'est ce que je pensais.

Il indique la piste de danse.

— Maintenant, vas-y et amuse-toi.

Sophie retourne dans la salle et rejoint quelques amies du club de mode qui se complimentent mutuellement sur leurs robes.

— Très joli, les bretelles en satin croisées dans le dos.

— Mignonne, ta robe bulle!

— Est-ce que c'est de la soie peinte à la main?

Les conversations des groupes de garçons sont complètement différentes.

— Redonne-moi ça, idiot!

— C'est quoi, le code de triche?

— T'es tellement cuit.

Dans le coin des filles, Emmanuelle fait sensation dans une robe de bal à tournure vieux rose. Ses cheveux ont été lissés et sont mis en valeur par des boucles d'oreilles ornées de pierreries. Sienna se pavane tout près dans une robe bustier rose givré.

Puis la reine arrive.

Ashlée Caron entre dans la salle d'un pas flottant, tenant son sac du soir en soie ouatinée comme un bouquet de roses à longues tiges. Un murmure parcourt le gymnase tandis qu'elle fait son entrée. Elle est accompagnée de Jasmin Trahan, un grand garçon athlétique vêtu d'un maillot de rugby rouge, et de Simon

Brunet, la vedette de la troupe de théâtre, qui porte un nœud papillon. Une fille de 2e secondaire traîne derrière dans une robe maxi à volants, probablement pour retoucher le brillant à lèvres d'Ashlée, si nécessaire.

Encore une fois, l'instinct de la mode d'Ashlée ne l'a pas trompée. Alors que toutes les autres filles ont opté pour la création rouge ou rose la plus légère et vaporeuse dans laquelle elles pouvaient se glisser, Ashlée a choisi une élégante robe blanche droite bien coupée, épinglant une simple orchidée à son revers. Sophie éprouve un vague malaise en admirant les lignes simples de la tenue d'Ashlée ainsi que les chaussures compensées à bout ouvert, blanches et classiques.

Sa propre robe lui paraît soudain trop élaborée, trop gamine.

Contrairement aux autres filles qui ont surchargé leur coiffure de peignes, de barrettes, de diadèmes et d'autres ornements scintillants, Ashlée a coiffé ses cheveux noirs comme jais en un chignon parfait. Encore une fois, elle a préféré le simple bon goût aux tendances.

C'est franchement agaçant.

Ashlée observe maintenant les décorations, et Sophie constate que tous les invités retiennent leur souffle. Ashlée sera-t-elle charmée par les bougies à la flamme dansante et les cupidons de carton? Peut-être qu'on a exagéré avec les serpentins et la piñata en forme de bouche. La reine se dirige lentement vers la table des rafraîchissements et parcourt des yeux le coin des bonbons.

Elle prend dans un des bocaux un chocolat enveloppé

de papier rouge métallique, déchire l'emballage et le met dans sa bouche. Un silence presque parfait règne dans la salle.

Ashlée marque une pause.

— C'est tellement...

Tout le monde attend.

— ... bien pensé.

Le bruit joyeux des conversations reprend aussitôt. La soirée de danse de la Saint-Valentin vient d'être déclarée cool, au grand soulagement de tous. Pas besoin de passer des heures les bras croisés à rouler les yeux. Tout le monde peut se détendre et s'amuser; la fête a reçu l'approbation de la plus haute autorité.

Avec un peu de chance, peut-être que Nathan aussi impressionnera Ashlée.

Sophie essaie de circuler, mais elle est si nerveuse qu'elle enfreint ses propres règles. Elle a une longue discussion avec Janica au sujet des jupes courtes bouffantes, oubliant la règle des cinq minutes. Elle se tient en bordure de la salle, au lieu d'aller au centre, où elle attirerait davantage l'attention. Enfin, faisant fi de sa théorie « bouffe = garçons », elle ne retourne pas à la table des rafraîchissements.

— Tu repères les beaux garçons? lui demande Sienna en lui adressant un clin d'œil.

Normalement, Sophie serait en train de scruter la foule du regard afin de décider quel garçon elle invitera à la danse des cœurs. Mais c'est à peine si elle a eu le temps de regarder les groupes de garçons qui se lancent des cœurs à la cannelle. Elle n'a même pas encore aperçu

Carl.

Une seule pensée occupe son esprit : *Quand la musique commencera-t-elle?*

Heidi Waxman-Orloff se présente enfin sur l'estrade, et tout le monde applaudit. Elle porte une robe rouge et blanc fleurie, ainsi qu'un pendentif en argent en forme de cœur. Elle hoche la tête, sourit et enlève ses lunettes, puis les remet. Même elle semble nerveuse.

— En tant que présidente du conseil des élèves, c'est avec plaisir que je vous souhaite à tous la bienvenue à cette soirée de la Saint-Valentin.

Elle regarde autour d'elle.

— Hier, cet endroit était rempli de chaussettes de sport sales et de ballons à moitié dégonflés; aujourd'hui, c'est un véritable monde enchanté. Un gros bravo à *l'équipe des décors!*

Des applaudissements bruyants retentissent, puis cessent lorsque Heidi poursuit :

— Allez jeter un coup d'œil au Sentier des cœurs, au jeu de devinettes des coeurs et au registre de Cupidon. Et surtout, restez jusqu'à la fin de la soirée pour ne pas manquer la grande danse des cœurs, alors que ce seront les filles qui inviteront les garçons.

Heidi sourit timidement. Sophie se tourne vers Julia et croise les doigts. Les filles rigolent et les gars se bousculent.

— Et maintenant, préparez-vous pour une énorme surprise.

Heidi sourit à la foule qui s'agite. Les invités crient pour que la musique commence.

**174**

— Je vous présente le groupe de cette année... LES VECTEURS!

Le cœur de Sophie bat la chamade. Elle n'ose pas regarder.

Le rideau s'ouvre d'un coup sec.

Les cinq membres des Vecteurs paraissent petits sur la grande scène nue. Nathan porte son pantalon de coton neuf (yé!), une chemise à rayures, un blouson noir et une cravate étroite. Quel soulagement! Absinthe est très chic avec son veston rétro pour homme. Khalid et Manoé portent des t-shirts noirs, et Jonas fait très bal de finissants des années 80 avec son smoking bleu pastel. Une fois qu'ils sont tous branchés, un hurlement strident résonne dans les haut-parleurs. Sophie commence à avoir des sueurs froides.

Elle espère que ça ne fait pas partie de leur première chanson.

Jonas s'avance au micro.

— Salut, Deslongchamps, dit-il d'un ton réservé.

Il marque une pause et ajoute :

— Êtes-vous prêts à ROCKER?

Sa façon exagérée d'articuler entraîne quelques rires nerveux. Voilà le genre de moment que Sophie redoutait. Elle décoche un regard inquiet en direction de Julia, et celle-ci lui serre le bras. Est-ce qu'il essaie d'être drôle?

— C'est super d'être ici ce soir, poursuit Jonas en faisant tourner un de ses boutons de manchette. C'est bien mieux que le Carnaval de la santé.

Les spectateurs se dandinent, mal à l'aise.

— Ta braguette est ouverte! lance l'un d'eux.

Jonas regarde son pantalon, et tout le monde rit. Ce n'était qu'une blague, apparemment.

Ça commence mal.

On entend quelqu'un dans les coulisses dire « O.K. »

Jonas fait un signe de tête aux autres et empoigne le micro.

Sophie retient son souffle.

Jonas indique le rythme.

— Un, deux, trois... À VOS MARQUES, PRÊTS, C'EST PARTI...

Elle ferme les yeux, angoissée, au moment où le groupe entame son numéro d'ouverture.

Mais... un instant. Est-ce que c'est?... OUI!

Sophie éprouve une bouffée de joie subite.

La chanson est un succès hip-hop qui a soulevé la foule lors de la soirée de l'année dernière; une chanson tellement cool qu'elle a donné naissance à une nouvelle danse. Qui aurait cru que les Vecteurs connaissaient ce genre de musique?

Le groupe joue des mêmes instruments bizarres que Sophie a vus dans le garage : tuyaux d'arrosage, bouteilles de boisson gazeuse, pots recouverts de ballons. Il utilise aussi des échantillons de sons, comme les bruits d'explosion des jeux vidéo, et des thèmes d'émissions télévisées. Cela donne un étrange mélange de mélodie, de bruits maison et de battements électroniques. Leur version est un peu déconcertante, mais ça fait le travail. Et Jonas sait chanter, en fin de compte!

Les spectateurs écoutent, les bras croisés, sceptiques

après une intro plutôt difficile. Mais la reprise insolite du mégasuccès est étrangement fascinante, et quelques personnes hochent discrètement la tête au rythme de la musique. Quelques tapements de pieds se font entendre ici et là.

Le refrain commence, et plus personne ne peut faire semblant de ne pas entendre la chanson. Tout le monde envahit la piste de danse, attiré par l'irrésistible musique à la fois entraînante et loufoque. Soudain, c'est le gymnase tout entier qui vibre.

Incroyable!

La chanson suivante est encore plus extravagante. C'est un succès du chanteur pop que les Vecteurs ont dit détester l'autre jour, à la répétition. Leur version est totalement différente de l'original (en plus d'être jouée par de drôles d'instruments), et la chanson paraît à la fois authentique et bizarre. Qu'est-ce que ça peut faire que le rythme soit donné par un xylophone électrique au lieu d'une guitare basse?

La foule ne pourrait pas être plus heureuse.

C'est curieux, pense Sophie. Ces chansons sont grand public, mais les Vecteurs les ont présentées sous un angle différent. Nathan a élargi le public de son groupe sans devoir sacrifier son style original. En regardant autour d'elle sur la piste de danse bondée, Sophie se dit que tout va pour le mieux.

Puis Nathan s'empare du micro et avec un sourire timide, il s'adresse à la foule :

— Salutations.

C'est impressionnant de le voir de la tête aux pieds.

Ses cheveux ébouriffés et ses lunettes intello-chic lui donnent un air cool et intelligent. Sa chemise est élégante, sa cravate en sergé a du style et ses chaussures de course délacées sont tout à fait dans le ton. Une fille vêtue d'une robe à manches volantées pousse Sophie du coude.

— Qui est ce gars-là?

Un bourdonnement s'élève autour de la scène où quelques filles se sont rassemblées pour jeter un œil intéressé sur le groupe. Le sympathique batteur attire particulièrement les regards.

— Voici une chanson que je ne suis pas censé aimer, dit Nathan d'un ton charmant, mais je l'aime quand même.

Après quelques crépitements dans les haut-parleurs, Nathan replace le micro.

— Désolé.

Il fait un signe de tête à ses amis, et le groupe commence à jouer une chanson sur le pouvoir des femmes, d'une star de la pop dont la vie étalée dans les tabloïdes a fait d'elle la risée de tout le pays.

À sa grande surprise, Nathan a une voix douce et grave qui fait fondre Sophie. Il y a quelque chose d'ironique dans le fait d'entendre ce garçon chanter une ballade pour filles, mais Nathan interprète la chanson avec sérieux. Le groupe y va de quelques carillons (produits avec les bouteilles remplies d'eau) et de touches d'électro. Les filles autour de la scène poussent un murmure d'approbation.

L'engouement de la foule pour Nathan laisse Sophie

songeuse. Le changement qu'elle observe chez lui semble aller au-delà d'une coupe de cheveux plus cool et d'un nouveau pantalon. A-t-il davantage confiance en lui? Sophie balaie la salle du regard pour guetter la réaction d'Ashlée. La reine est entourée de sa cour près de la scène, et elle penche la tête tout en jaugeant le nouveau chanteur du groupe. Le sportif à côté d'elle n'a pas l'air content.

— Il est adorable.

Julia interrompt les pensées de Sophie.

— Et le groupe est super. Être un nerd n'a jamais été aussi cool.

Sophie tend son poing fermé à Julia pour qu'elles cognent leurs jointures. Dans l'énervement, elles en ont oublié de danser. Les deux amies se balancent doucement d'avant en arrière, mais reportent vite leur attention sur la scène.

C'est cool d'être un nerd, constate Sophie. Avoir des obsessions rend la vie plus intéressante. Après tout, elle est un peu une nerd de la mode, non? Nathan s'adonne à ses passe-temps plus intensément que tous les gens qu'elle connaît. Quel contraste avec Carl, qui passe son temps libre à se gonfler les muscles!

— J'espère que le groupe fera une pause pendant la danse des cœurs, dit une fille dans une robe rose à dos nu. Je vois quelqu'un que j'aimerais bien inviter.

Tout à coup, Sophie sent un courant d'air froid sur ses bras nus.

Elle a pris sa décision. Elle doit établir un contact avec Nathan, même si ce n'est qu'au moyen d'un clin

179

d'œil ou d'un geste de la main. Tout ce dont elle a besoin, c'est d'un petit signe lui montrant que malgré leur dispute, il ne la déteste pas totalement.

Elle s'avance jusqu'à la scène au moment où la chanson prend fin. Nathan s'essuie le front. Leurs regards se croisent pendant une seconde, mais il détourne les yeux. Pas de signe de tête ni de sourire blagueur.

C'est comme si elle était une étrangère.

Sophie tourne les talons, profondément blessée. Pendant un moment, elle n'y comprend rien : est-ce possible qu'il ne l'ait pas reconnue? Puis elle se souvient des messages laissés dans sa boîte vocale et restés sans réponse, ainsi que de leur dernière conversation. De toute évidence, il l'ignore.

Le cœur serré, elle se laisse tomber sur une chaise au fond de la salle. Contre toute attente, elle a transformé un « mathlète » en un vrai séducteur. Six semaines auparavant, il était invisible, caché sous ses chandails de polyester, une terrible coupe de cheveux et des lunettes de protection. Aujourd'hui, il est carrément beau. Même si Ashlée ne l'invite pas à danser, Sophie sait que le changement dont elle a été témoin chez Nathan dépasse ses espoirs les plus fous.

Mais comment expliquer qu'elle soit parvenue à gagner son pari *tout en perdant un ami?*

# Chapitre 20

— Et dans un moment, l'événement que tout le monde attend...

Heidi fait durer le suspense.

— La danse des cœurs!

Un murmure parcourt l'assistance.

— Mais d'abord, toutes mes félicitations à nos amis, les Vecteurs.

Heidi jette un coup d'œil derrière elle.

— Ils savent comment économiser sur le coût des instruments!

La foule applaudit à tout rompre; les Vecteurs échangent quelques regards entre eux et sourient.

— Pour cette dernière danse, la D.J. Fortunato sera à la platine, et le groupe pourra danser aussi.

Installée dans le coin, l'enseignante d'éducation physique hoche la tête d'un air sombre.

Le rideau se referme derrière Heidi.

— Comme vous le savez, dit-elle, cette danse est spéciale, car ce sont les filles qui invitent les garçons.

Par pur hasard, Sophie se retrouve debout à côté de Carl Tourville. Elle salue le séduisant sportif d'un signe de tête; il porte une chemise blanche et un short kaki ample. Elle se souvient de la façon dont il s'est vanté devant elle au labo en exhibant ses abdominaux sculptés.

— Oh, salut, Sophie. Navré mais…

Il s'étire paresseusement.

— J'ai déjà promis la danse à Sienna.

Carl soupire et tapote l'épaule de Sophie.

— La prochaine fois, tu devras être un peu plus rapide.

Sophie reste bouche bée. Elle ne l'a même pas invité!

Le peu d'attirance qu'elle ressentait encore pour lui disparaît instantanément. *Quel épais*, pense Sophie. Elle s'apprête à le remettre à sa place, mais se dit qu'elle a plus important à faire. Elle quitte le gymnase pour voir si elle peut trouver Nathan dans les coulisses; cette fois, il n'y a pas de gardien à la porte. Elle se faufile dans un enchevêtrement de cordes et entre les portants de costumes. De l'autre côté du rideau lui parviennent les premiers accords de la chanson choisie pour la danse des cœurs.

Il n'y a personne dans les coulisses.

Certains des instruments des Vecteurs sont restés là : des bouteilles d'eau, un fouet à œuf, un batteur, une guitare électrique. Toutefois, aucune trace des musiciens. Sophie se penche pour ramasser un entonnoir que le groupe avait inséré dans un boyau d'arrosage. En se relevant, elle heurte Ashlée Caron.

— Désolée. Qu'est-ce que tu fais ici?

— Il faut que je trouve cet adorable batteur…

Ashlée passe une main sur sa robe blanche.

182

— ... avant que la danse soit finie.

La voilà, la phrase que Sophie espérait entendre! Elle a bel et bien réussi... mais encore faut-il qu'elle le trouve. Si Ashlée ne danse pas avec Nathan, comment Sophie pourra-t-elle prouver qu'elle a gagné le pari?

La porte des coulisses s'ouvre, et elles entendent un bruit de pas. Sophie et Ashlée attendent avec impatience de voir qui s'amène.

— Qui est là? lance Ashlée.

Mais ce n'est que Khalid, le Vecteur aux cheveux rebelles qui s'occupe du synthétiseur, et Absinthe, la joueuse de bouteilles d'eau.

— Avez-vous vu Nathan? demande Sophie.

— Il est parti, répond Absinthe en desserrant sa cravate. Je ne sais pas où il allait.

Elle donne un coup de coude à Khalid et dit :

— Est-ce qu'il est trop tard pour t'inviter à danser?

Absinthe se tourne vers Sophie et Ashlée et ajoute :

— J'espère que je ne vous coupe pas l'herbe sous le pied.

Sophie recule, amusée, et répond :

— Tu l'as invité en premier.

Khalid lève les sourcils et sourit, et Absinthe l'entraîne avec elle.

— Et maintenant? dit Ashlée à Sophie.

La porte s'ouvre de nouveau.

— *Ah, ah!* s'écrie Emmanuelle en pointant le doigt vers Sophie et Ashlée. Qu'est-ce que vous faites ici?

Sa robe de bal paraît défraîchie dans la lumière blafarde.

— On cherche le mignon batteur, répond Ashlée avec un soupir d'impatience.

*Victoire!* Sophie se retient pour ne pas brandir le poing.

— Ah ouais? lâche Emmanuelle.

Elle dévisage Ashlée en plissant les yeux.

— C'est Sophie qui t'a demandé de dire ça?

Ashlée n'y comprend rien.

— Qu'est-ce que tu veux dire?

— Tu as décidé d'inviter Nathan Soulière à danser... commence Emmanuelle lentement, *de ton propre chef?*

— Je ne savais pas que j'avais besoin d'une permission, réplique Ashlée, d'un ton froid.

Elle penche la tête et regarde Emmanuelle.

— Mais j'y pense, qu'est-ce que tu fais dans les coulisses?

Emmanuelle recule.

— Je, euh...

Son visage se décompose.

— ... t'ai suivie jusqu'ici.

Ashlée hausse un sourcil.

— C'est une longue histoire, dit Emmanuelle sur un ton étrangement grave.

Sophie croise son regard et sourit faiblement. Sa victoire n'est pas aussi douce qu'elle l'avait imaginé. Les choses vont tellement mal avec Nathan qu'il n'est même pas resté pour la voir après son éclatant triomphe.

Elle est bouleversée.

— Donc, le batteur est parti, c'est ça? conclut Ashlée

en prenant une menthe pour l'haleine dans son sac. Et elle s'en va.

Emmanuelle et Sophie restent seules dans les coulisses.

— Je dois avouer que tu as fait du bon travail avec Nathan, reconnaît Emmanuelle avec un sourire réticent.

— Merci, dit Sophie.

Et où est-ce que cela l'a menée? Elle ne sait même pas où est passé Nathan.

— Je le pense vraiment, insiste Emmanuelle. Il n'a pas l'air d'un intello qui collectionne les BD de super-héros.

Le regard de Sophie s'illumine.

— Oh mon Dieu, Emmanuelle, merci! Tu viens de me rappeler que... Il... il faut que j'aille quelque part, balbutie Sophie en se mettant à courir.

— N'oublie pas la fête de fin de soirée, chez moi! s'écrie Emmanuelle.

— Je t'appellerai, promet Sophie.

* * *

La mère de Sophie hésite à la déposer seule à l'hôtel Louvin.

— Veux-tu que je t'accompagne?

Son front se plisse lorsqu'un homme à la peau verte et aux oreilles pointues traverse devant eux dans le stationnement.

Mais Sophie secoue la tête. Elle doit y aller seule.

À l'intérieur, la salle de bal grouille d'étranges créatures costumées : princesses guerrières, extra-terrestres dégoulinants de bave, super-héros masqués et personnages ailés. Les antennes et les cornes sont légion. Sophie doit marcher avec précaution pour éviter de mettre le pied sur des capes et des queues.

— Chapeaux gratuits!

Quelqu'un lui tend un casque de viking à cornes.

Sophie le glisse sous son bras et descend l'une des allées. À chaque table, des gens fouillent dans des boîtes de BD. Sous un panneau indiquant ESPACE VIXEN, une femme en bikini de métal et cuissardes pose pour les photographes. Un autre kiosque annonce ALIEN RAPTORS. De longues files serpentent dans la salle tandis que les gens attendent pour faire dédicacer leur BD.

Nathan est sûrement ici. Mais où?

Désespérée, elle avance péniblement dans les allées. Il y a des centaines de personnes; comment pourra-t-elle le trouver? Elle prie pour qu'il ne porte pas de masque. Elle scrute les panneaux identifiant les kiosques : X-FORCE, ADOS TITANS, DINO-BOTS, RAT GIRL.

*Rat Girl!*

En s'approchant du kiosque, elle repère Nathan immédiatement. Il porte toujours son pantalon de coton et son blouson noir, et il feuillette une BD. Sophie met le casque de viking et lui donne une petite tape sur l'épaule.

— Hé, l'ami, ce n'est pas une bibliothèque ici, dit-elle en tentant de passer pour un vendeur de BD malcommode.

— Oui, mais…

Nathan virevolte.

— *Sophie?*

Il a l'air abasourdi.

186

— Je passais dans le coin, dit-elle d'une voix tremblante.

Il la regarde de la tête aux pieds, de son casque de viking à ses talons hauts.

— Tu es... Je... Euh.

Il secoue la tête.

— Est-ce qu'on peut aller parler quelque part? demande Sophie en promenant son regard autour d'elle.

Nathan la conduit au bout de l'allée jusqu'à un kiosque vide.

— Aqua-Hulk est rentré chez lui.

Il déplace une caisse de photos dédicacées, et ils s'assoient sur des chaises pliantes. Sophie enlève son casque et secoue ses cheveux avec nervosité. Nathan s'appuie contre le dossier et attend.

Sophie ne sait pas quoi dire.

— Tu as été formidable ce soir. Enfin... vous avez été formidables, toi et ton groupe.

Elle tortille son bracelet.

— Merci, dit Nathan.

— J'avais tort quand je t'ai suggéré de changer ta musique.

Elle baisse les yeux et fixe son sac du soir en satin rouge.

— J'avais tort... sur toute la ligne.

Nathan se contente de la regarder.

— Avant de te connaître, j'ai parié avec Emmanuelle que je pouvais transformer un « mathlète » de sorte qu'Ashlée Caron l'invite à la danse des cœurs. Si je perdais, j'avais promis de laisser tomber la course à la présidence du club de mode.

Nathan déglutit.

— Continue.

— Elle a bel et bien essayé de t'inviter à danser, dit Sophie non sans une pointe de fierté, et ce, malgré le malaise qu'elle éprouve en raison de sa propre conduite. Mais tu étais déjà parti.

— Donc tu as gagné le pari.

Il hausse les épaules.

— C'est bien, non? ajoute-t-il.

Oui, c'est bien. Sauf que Nathan et elle ne semblent plus amis.

— Non, répond Sophie en secouant brusquement la tête. Non, ce n'est pas bien. C'est moi qui dois changer. Pas toi.

Il la dévisage.

— Nathan, tu es mon héros.

Elle se rend compte à quel point elle est sincère.

— Tu fais ce qui te plaît; tu te forges tes propres opinions. Moi, je me suis toujours contentée de suivre le mouvement.

Il fait craquer ses jointures.

— Tu m'as enseigné des choses.

Elle fixe le plancher.

— Quand tu n'es pas là, c'est...

Une femme portant un loup violet l'interrompt :

— Avez-vous vu *L'homme éclair*?

Nathan indique la direction opposée.

— Là-bas, près des importations japonaises.

Il lui adresse un clin d'œil avant de reporter son

attention sur Sophie.

— C'est vrai que je ne me laisse pas influencer, répond Nathan en s'accoudant à la table. Mais je n'allais nulle part avec le groupe avant de te rencontrer. Les nouveaux vêtements, les lunettes et tout... m'ont ouvert les portes. Ça ne m'a pas fait mourir d'avoir une coupe de cheveux. Maintenant, je peux dire que... j'aime l'attention qu'on m'accorde.

— Eh bien, dis donc! s'étonne Sophie.

— Je n'étais pas content que tu aies menti au sujet du démo, poursuit Nathan qui s'énerve de nouveau rien que d'y penser. Tu aurais dû nous en parler, tout simplement. Mais tu avais raison concernant l'importance de jouer de la musique sur laquelle les gens pouvaient danser. *Ode aux appareils dentaires disparus* ne convient pas pour une fête. Tu nous as sauvé la peau.

Voilà qui est agréable à entendre.

Un gars avec des lunettes 3-D en carton s'avance à leur table.

— Avez-vous les anciens numéros de *Capitaine Radar?*

— Navré, répond Nathan en faisant signe que non.

Le gars s'éloigne.

Encore une fois, Nathan se tourne vers Sophie et poursuit :

— Peut-être que tu n'as pas été honnête avec moi au sujet des raisons qui t'ont poussée à m'aborder au départ. Mais je n'ai pas été honnête avec toi non plus.

— Ah bon?

— J'ai conclu le marché pour que mon groupe

189

décroche des contrats.

Il baisse la tête et contemple ses chaussures de sport délacées.

— Mais peut-être que j'avais d'autres raisons, avoue-t-il.

Sophie remarque que les oreilles de Nathan sont devenues toutes rouges. Est-ce que la discussion va prendre la tournure qu'elle croit? Son cœur bat très vite.

— Allez, ajoute Nathan d'un ton irrité. Ne m'oblige pas à le dire.

Elle ne l'y oblige pas. Leurs mains se joignent sur la table, faisant tomber par terre le casque de viking.

\* \* \*

Une heure plus tard, ils se trouvent sur le seuil de l'immense maison d'Emmanuelle. Nathan hésite avant d'appuyer sur la sonnette.

— Tu vas t'amuser, promet Sophie. J'ai appelé Emmanuelle et lui ai demandé d'inviter quelques amis.

En entrant dans le séjour, ils aperçoivent un groupe de personnes qui ne s'étaient encore jamais trouvées dans la même pièce. Jonas mange un bretzel pendant que Julia lui explique comment sa robe a été fabriquée. Khalid et Maya jouent au ping-pong, et Manoé tend un verre de punch aux fruits à... *Ashlée?*

Sophie a l'impression que les yeux de Nathan vont lui sortir de la tête.

— Explication? demande-t-il.

— J'ai dit à Emmanuelle qu'on pouvait être coprésidentes toutes les deux si le club de mode changeait de philosophie et faisait preuve de plus

190

d'ouverture, raconte Sophie. Et ça commence ce soir.

Carl Tourville vient vers eux et les accueille avec un rot.

— Héééé, vieux!

Il donne un coup de poing sur l'épaule de Nathan.

— Super, tes chansons. Téléchargeables. Extra pour s'entraîner.

Il pointe l'index vers Nathan pour signifier son admiration et va remplir son verre de boisson gazeuse. Nathan hausse les épaules, mais il paraît flatté.

— Un carré de chocolat?

Emmanuelle leur présente une assiette. Elle a enfilé sa deuxième tenue de la soirée et porte un haut à rayures matelot avec des bretelles.

— Où étais-tu? demande-t-elle à Sophie. J'avais peur que tu ne viennes pas.

— Ça m'a pris un moment.

Sophie se tourne vers Nathan.

— Mais je suis là.

Le « mathlète » et la mordue de la mode se regardent et sourient.